U0088116

초딩도 할 수 있는 기초 한국어

連小學生都會的
國民韓語
基礎句型

책
생
학
아
빠
안

韓文字是由基本母音、基本子音、複合母音、
氣音和硬音所構成。

其組合方式有以下幾種：

1.子音加母音，例如：저(我)
2.子音加母音加子音，例如：밤（夜晚）
3.子音加複合母音，例如：위（上）
4.子音加複合母音加子音，例如：관（官）
5.一個子音加母音加兩個子音，如：값（價錢）

簡易拼音使用方式：

1. 為了讓讀者更容易學習發音，本書特別使用「簡
   易拼音」來取代一般的羅馬拼音。
   規則如下，
   例如：
   그러면 우리 집에서 저녁을 먹자.
   geu.reo.myeon/u.ri/ji.be.seo/jeo.nyeo.geul/meok.jja
   ----------普遍拼音
   geu.ro*.myo*n/u.ri/ji.be.so*/jo*.nyo*.geul/mo*k.jja
   ------------簡易拼音
   那麼，我們在家裡吃晚餐吧！

   文字之間的空格以「/」做區隔。
   不同的句子之間以「//」做區隔。

基本母音：

	韓國拼音	簡易拼音	注音符號
ㅏ	a	a	ㄚ
ㅑ	ya	ya	ㄧㄚ
ㅓ	eo	o*	ㄛ
ㅕ	yeo	yo*	ㄧㄛ
ㅗ	o	o	ㄡ
ㅛ	yo	yo	ㄧㄡ
ㅜ	u	u	ㄨ
ㅠ	yu	yu	ㄧㄨ
ㅡ	eu	eu	（ㄜ）
ㅣ	i	i	ㄧ

特別提示：

1. 韓語母音「ㅡ」的發音和「ㄜ」發音有差異，但嘴型要拉開，牙齒快要咬住的狀態，才發得準。

2. 韓語母音「ㅓ」的嘴型比「ㅗ」還要大，整個嘴巴要張開成「大O」的形狀，
「ㅗ」的嘴型則較小，整個嘴巴縮小到只有「小o」的嘴型，類似注音「ㄡ」。

3. 韓語母音「ㅕ」的嘴型比「ㅛ」還要大，整個嘴巴要張開成「大O」的形狀，
類似注音「ㄧㄛ」，「ㅛ」的嘴型則較小，整個嘴巴縮小到只有「小o」的嘴型，類似注音「ㄧㄡ」。

基本子音：

	韓國拼音	簡易拼音	注音符號
ㄱ	g,k	k	ㄎ
ㄴ	n	n	ㄋ
ㄷ	d,t	d,t	ㄊ
ㄹ	r,l	l	ㄌ
ㅁ	m	m	ㄇ
ㅂ	b,p	p	ㄆ
ㅅ	s	s	ㄙ,(ㄒ)
ㅇ	ng	ng	不發音
ㅈ	j	j	ㄗ
ㅊ	ch	ch	ㄘ

特別提示：

1. 韓語子音「ㅅ」有時讀作「ㄙ」的音，有時則讀作「ㄒ」的音。「ㄒ」音是跟母音「ㅣ」搭在一塊時，才會出現。

2. 韓語子音「ㅇ」放在前面或上面不發音；放在下面則讀作「ng」的音，像是用鼻音發「嗯」的音。

3. 韓語子音「ㅈ」的發音和注音「ㄗ」類似，但是發音的時候更輕，氣更弱一些。

氣音：

	韓國拼音	簡易拼音	注音符號
ㅋ	k	k	ㄎ
ㅌ	t	t	ㄊ
ㅍ	p	p	ㄆ
ㅎ	h	h	ㄏ

特別提示:

1. 韓語子音「ㅋ」比「ㄱ」的較重，有用到喉頭的音，音調類似國語的四聲。
   ㅋ＝ㄱ＋ㅎ
2. 韓語子音「ㅌ」比「ㄷ」的較重，有用到喉頭的音，音調類似國語的四聲。
   ㅌ＝ㄷ＋ㅎ
3. 韓語子音「ㅍ」比「ㅂ」的較重，有用到喉頭的音，音調類似國語的四聲。
   ㅍ＝ㅂ＋ㅎ

複合母音：

	韓國拼音	簡易拼音	注音符號
ㅐ	ae	e*	ㄝ
ㅒ	yae	ye*	ㄧㄝ
ㅔ	e	e	ㄟ
ㅖ	ye	ye	ㄧㄟ
ㅘ	wa	wa	ㄨㄚ
ㅙ	wae	we*	ㄨㄝ
ㅚ	oe	we	ㄨㄟ
ㅞ	we	we	ㄨㄟ
ㅝ	wo	wo	ㄨㄛ
ㅟ	wi	wi	ㄨㄧ
ㅢ	ui	ui	ㄜㄧ

特別提示：

1. 韓語母音「ㅐ」比「ㅔ」的嘴型大，舌頭的位置比較下面，發音類似「ae」；「ㅔ」的嘴型較小，舌頭的位置在中間，發音類似「e」。不過一般韓國人讀這兩個發音都很像。

2. 韓語母音「ㅒ」比「ㅖ」的嘴型大，舌頭的位置比較下面，發音類似「yae」；「ㅖ」的嘴型較小，舌頭的位置在中間，發音類似「ye」。不過很多韓國人讀這兩個發音都很像。

3. 韓語母音「ㅚ」和「ㅞ」比「ㅙ」的嘴型小些，「ㅙ」的嘴型是圓的；「ㅚ」、「ㅞ」則是一樣的發音。不過很多韓國人讀這三個發音都很像，都是發類似「we」的音。

硬音：

	韓國拼音	簡易拼音	注音符號
ㄲ	kk	g	ㄍ
ㄸ	tt	d	ㄉ
ㅃ	pp	b	ㄅ
ㅆ	ss	ss	ㄙ
ㅉ	jj	jj	ㄗ

特別提示：

1. 韓語子音「ㅆ」比「ㅅ」用喉嚨發重音，音調類似國語的四聲。
2. 韓語子音「ㅉ」比「ㅈ」用喉嚨發重音，音調類似國語的四聲。

*表示嘴型比較大

한국어 기본 문형 韓語基礎句型

감정 표현 感情表現篇

기쁠 때 開心時 118

韓語
基礎句型

한국어 기본 문형

句型 1

名詞＋예요.
是⋯。

解說：「예요」接在無尾音的名詞後方。

사과예요.
sa.gwa.ye.yo
是蘋果。

농구예요.
nong.gu.ye.yo
是籃球。

바지예요.
ba.ji.ye.yo
是褲子。

휴지예요.
hyu.ji.ye.yo
是衛生紙。

小試身手

是小狗。(小狗 강아지)
→강아지예요.

句型 2

名詞＋이에요 .
是… 。

解說：「이에요」接在有尾音的名詞後方。

사람이에요 .
sa.ra.mi.e.yo
是人。

동물이에요 .
dong.mu.ri.e.yo
是動物。

핸드폰이에요 .
he*n.deu.po.ni.e.yo
是手機。

옷이에요 .
o.si.e.yo
是衣服。

小試身手

是花。（花 꽃)
→꽃이에요 .

句型 3

名詞＋입니다.
是…。

解說：「입니다」是較正式、恭敬的說法。

학생입니다.
hak.sse*ng.im.ni.da
是學生。

선생님입니다.
so*n.se*ng.ni.mim.ni.da
是老師。

컴퓨터입니다.
ko*m.pyu.to*.im.ni.da
是電腦。

카메라입니다.
ka.me.ra.im.ni.da
是相機。

小試身手

是包包。（包包 가방）
→가방입니다.

句型 4

名詞＋이 / 가 아니에요 .
不是…。

解說：有尾音的名詞後方接「이」；無尾音的名詞後方接「가」。

연필이 아니에요 .
yo*n.pi.ri/a.ni.e.yo
不是鉛筆。

볼펜이 아니에요 .
bol.pe.ni/a.ni.e.yo
不是原子筆。

종이가 아니에요 .
jong.i.ga/a.ni.e.yo
不是紙。

바나나가 아니에요 .
ba.na.na.ga/a.ni.e.yo
不是香蕉。

小試身手

不是學校。(學校 학교)
→학교가 아니에요 .

句型 5

名詞＋이 / 가 아닙니다 .
不是…。

解說：「아닙니다」是較正式、恭敬的說法。

사장님이 아닙니다 .
sa.jang.ni.mi/a.nim.ni.da
不是社長。

교수님이 아닙니다 .
gyo.su.ni.mi/a.nim.ni.da
不是教授。

여자가 아닙니다 .
yo*.ja.ga/a.nim.ni.da
不是女生。

남자가 아닙니다 .
nam.ja.ga/a.nim.ni.da
不是男生。

小試身手

不是糖果。（糖果 사탕）
→사탕이 아닙니다 .

句型 6

名詞＋예요 ?
是…嗎 ?

解說：疑問句的「예요 ?」在發音時，語調上揚。

친구예요 ?
chin.gu.ye.yo
是朋友嗎 ?

오빠예요 ?
o.ba.ye.yo
是哥哥嗎 ?

고기예요 ?
go.gi.ye.yo
是肉嗎 ?

야채예요 ?
ya.che*.ye.yo
是蔬菜嗎 ?

小試身手

是姊姊嗎 ? (姊姊 언니)
→언니예요 ?

句型 7

名詞＋이에요？
是…嗎？

解說：疑問句的「이에요？」在發音時，語調上揚。

책이에요？
che*.gi.e.yo
是書嗎？

펜이에요？
pe.ni.e.yo
是筆嗎？

손이에요？
so.ni.e.yo
是手嗎？

발이에요？
ba.ri.e.yo
是腳嗎？

小試身手

是家人嗎？（家人 가족）
→가족이에요？

句型 8

名詞＋입니까？
是…嗎？

解說：「입니까？」是較正式、恭敬的說法。

아버지입니까？
a.bo*.ji.im.ni.ga
是爸爸嗎？

어머니입니까？
o*.mo*.ni.im.ni.ga
是媽媽嗎？

여동생입니까？
yo*.dong.se*ng.im.ni.ga
是妹妹嗎？

남동생입니까？
nam.dong.se*ng.im.ni.ga
是弟弟嗎？

小試身手

是哥哥嗎？（哥哥 형）
→형입니까？

句型 9

名詞＋이 / 가 아니에요？
不是…嗎？

解說：疑問句的「아니에요？」在發音時，語調上揚。

할아버지가 아니에요？
ha.ra.bo*.ji.ga/a.ni.e.yo
不是爺爺嗎？

누나가 아니에요？
nu.na.ga/a.ni.e.yo
不是姊姊嗎？

지갑이 아니에요？
ji.ga.bi/a.ni.e.yo
不是皮夾嗎？

돈이 아니에요？
do.ni/a.ni.e.yo
不是錢嗎？

小試身手

不是照片嗎？（照片 사진）
→사진이 아니에요？

句型 10

名詞＋이／가 아닙니까？
不是…嗎？

解說：「아닙니까?」是較正式、恭敬的說法。

일요일이 아닙니까？
i.ryo.i.ri/a.nim.ni.ga
不是星期日嗎？

과일이 아닙니까？
gwa.i.ri/a.nim.ni.ga
不是水果嗎？

돼지가 아닙니까？
dwe*.ji.ga/a.nim.ni.ga
不是豬嗎？

토끼가 아닙니까？
to.gi.ga/a.nim.ni.ga
不是兔子嗎？

小試身手

不是狗嗎？(狗 개)
→개가 아닙니까？

句型 11

主語＋이／가 名詞예요.
○○是…。

解說： 主語是有尾音的名詞，接主格助詞「이」；主語是
無尾音的名詞，接主格助詞「가」。

이것이 의자예요.
i.go*.si/ui.ja.ye.yo
這個是椅子。

그것이 지우개예요?
geu.go*.si/ji.u.ge*.ye.yo
那個是橡皮擦嗎？

여기가 회사예요?
yo*.gi.ga/hwe.sa.ye.yo
這裡是公司嗎？

우리가 교사예요.
u.ri.ga/gyo.sa.ye.yo
我們是教師。

小試身手

大叔是廚師嗎？（大叔 아저씨 廚師 요리사）
→아저씨가 요리사예요?

句型 12

> # 主語＋이 / 가 名詞이에요.
> ## ○○是…。

解說：主語是有尾音的名詞，接主格助詞「이」；主語是
無尾音的名詞，接主格助詞「가」。

형이 경찰관이에요.
hyo*ng.i/gyo*ng.chal.gwa.ni.e.yo
哥哥是警察。

저것이 박물관이에요?
jo*.go*.si/bang.mul.gwa.ni.e.yo
那個是博物館嗎？

거기가 공원이에요.
go*.gi.ga/gong.wo.ni.e.yo
那裡是公園。

언니가 종업원이에요?
o*n.ni.ga/jong.o*.bwo.ni.e.yo
姊姊是服務生嗎？

小試身手

老公是公務員。（老公 남편 公務員 공무원）
→남편이 공무원이에요.

句型 13

> # 主語＋이／가 名詞입니다.
> ## ○○是…。

解說：主語是有尾音的名詞，接主格助詞「이」；主語是無尾音的名詞，接主格助詞「가」。

그분이 손님입니다.
geu.bu.ni/son.ni.mim.ni.da
那位是客人。

이것이 교과서입니다.
i.go*.si/gyo.gwa.so*.im.ni.da
這個是教科書。

누나가 가정주부입니다.
nu.na.ga/ga.jo*ng.ju.bu.im.ni.da
姊姊是家庭主婦。

오빠가 외교관입니다.
o.ba.ga/we.gyo.gwa.nim.ni.da
哥哥是外交官。

小試身手

女朋友是護士。（護士 간호사）
→여자친구가 간호사입니다.

連小學生都會的
國民韓語基礎句型

句型 14

主語＋이/가 名詞입니까？
○○是…嗎？

解說：主語是有尾音的名詞，接主格助詞「이」；主語是無尾音的名詞，接主格助詞「가」。

그것이 무엇입니까？
geu.go*.si/mu.o*.sim.ni.ga
那個是什麼？

이것이 콜라입니까？
i.go*.si/kol.la.im.ni.ga
這個是可樂嗎？

여기가 어디입니까？
yo*.gi.ga/o*.di.im.ni.ga
這裡是哪裡？

치마가 흰색입니까？
chi.ma.ga/hin.se*.gim.ni.ga
裙子是白色嗎？

小試身手

那個人是誰？（誰 누구）
→그 사람이 누구입니까？

句型 15

主語＋形容詞아 / 어요 .
主語的狀態

解說： 形容詞語幹的母音是「ㅏ,ㅗ」時, 接「아요」；
語幹的母音不是「ㅏ,ㅗ」時, 接「어요」。

기분이 좋아요 . (좋다 + 아요)
gi.bu.ni/jo.a.yo
心情好。

교실이 넓어요 . (넓다 + 어요)
gyo.si.ri/no*p.o*.yo
教室寬敞。

반지가 비싸요 . (비싸다 + 아요)
ban.ji.ga/bi.ssa.yo
戒指貴。

요리가 맛있어요 . (맛있다 + 어요)
yo.ri.ga/ma.si.sso*.yo
菜好吃。

小試身手

字小。(小 작다)
→글씨가 작아요 .

句型 16

主語＋形容詞ㅂ/습니다.
主語的狀態

解說：形容詞的語幹有尾音時，接「습니다」；形容詞語
　　　幹沒有尾音時，接「ㅂ니다」。

언니가 예쁩니다. (예쁘다 + ㅂ니다)
o*n.ni.ga/ye.beum.ni.da
姊姊漂亮。

부모님이 건강합니다.
bu.mo.ni.mi/go*n.gang.ham.ni.da
爸媽健康。

아기가 귀엽습니다. (귀엽다 + 습니다)
a.gi.ga/gwi.yo*p.sseum.ni.da
小孩可愛。

형이 멋있습니다. (멋있다 + 습니다)
hyo*ng.i/mo*.sit.sseum.ni.da
哥哥帥。

小試身手

襪子便宜。 (便宜 싸다)
→양말이 쌉니다.

句型 17

主語＋動詞아 / 어요 .
主語＋自動詞

解說：動詞語幹的母音是「ㅏ,ㅗ」時, 接「아요」; 語
幹的母音不是「ㅏ,ㅗ」時, 接「어요」。

동생이 웃어요 . (웃다 + 어요)
dong.se*ng.i/u.so*.yo
弟弟笑。

수업이 끝나요 . (끝나다 + 아요)
su.o*.bi/geun.na.yo
課程結束。

친구가 자요 . (자다 + 아요)
chin.gu.ga/ja.yo
朋友睡覺。

토끼가 뛰어요 . (뛰다 + 어요)
to.gi.ga/dwi.o*.yo
兔子跳。

小試身手

鳥飛。(飛 날다)
→새가 날아요 .

句型 18

主語＋動詞ㅂ／습니다.
主語＋自動詞

解說：動詞的語幹有尾音時，接「습니다」；動詞語幹沒
有尾音時，接「ㅂ니다」。

제가 갑니다. (가다 + ㅂ니다)
je.ga/gam.ni.da
我去。

눈이 옵니다. (오다 + ㅂ니다)
nu.ni/om.ni.da
下雪。

민준 씨가 걷습니다. (걷다 + 습니다)
min.jun/ssi.ga/go*t.sseum.ni.da
敏俊走路。

선생님이 웃습니다. (웃다 + 습니다)
so*n.se*ng.ni.mi/ut.sseum.ni.da
老師笑。

小試身手

同事開車。(開車 운전하다)
→동료가 운전합니다.

句型 19

主語＋하다詞彙여요 .
主語的狀態、動作

解說： 하다類的形容詞或動詞語幹하後方，接「여요」，
兩者會結合成「해요」的型態。

학생이 공부해요 .
hak.sse*ng.i/gong.bu.he*.yo
學生念書。

교실이 조용해요 .
gyo.si.ri/jo.yong.he*.yo
教室安靜。

아내가 일해요 .
a.ne*.ga/il.he*.yo
妻子工作。

우리가 행복해요 .
u.ri.ga/he*ng.bo.ke*.yo
我們幸福。

小試身手

交通複雜。（複雜 복잡하다 ）
→교통이 복잡해요 .

句型 20

> # 主語＋하다詞彙ㅂ니다
> ## 主語的狀態、動作

解說：하다類的詞彙語幹後方，接上終結語尾「ㅂ니다」。

방이 깨끗합니다 .
bang.i/ge*.geu.tam.ni.da
房間乾淨。

이 부분이 중요합니다 .
i/bu.bu.ni/jung.yo.ham.ni.da
這部分重要。

영화가 시작합니다 .
yo*ng.hwa.ga/si.ja.kam.ni.da
電影開始。

돈이 필요합니까 ?
do.ni/pi.ryo.ham.ni.ga
需要錢嗎？

小試身手

味道奇怪嗎？（奇怪 이상하다）
→맛이 이상합니까 ?

句型 21

名詞을 / 를＋動詞아 / 어요 .
目的語＋他動詞

解說：「他動詞」指動詞前方要加上表示動作對象的受詞
（名詞）。該受詞後方要接受格助詞「을 / 를」。

밥을 먹어요 . (먹다 + 어요)
ba.beul/mo*.go*.yo
吃飯。

책을 읽어요 . (읽다 + 어요)
che*.geul/il.go*.yo
讀書。

버스를 타요 . (타다 + 아요)
bo*.seu.reul/ta.yo
搭公車。

영화를 봐요 . (보다 + 아요)
yo*ng.hwa.reul/bwa.yo
看電影。

小試身手

賺錢。(賺 벌다)
→돈을 벌어요 .

句型 22

名詞을 / 를＋動詞ㅂ / 습니다 .
目的語＋他動詞

解說：有尾音的名詞後方，接受格助詞「을」；無尾音的
名詞後方，接受格助詞「를」。

음악을 듣습니다 . (듣다 + 습니다)
eu.ma.geul/deut.sseum.ni.da
聽音樂。

수학을 배웁니다 . (배우다 + ㅂ니다)
su.ha.geul/be*.um.ni.da
學習數學

드라마를 봅니다 . (보다 + ㅂ니다)
deu.ra.ma.reul/bom.ni.da
看連續劇。

피아노를 칩니다 . (치다 + ㅂ니다)
pi.a.no.reul/chim.ni.da
彈鋼琴。

小試身手

聞味道。（ 聞 맡다 ）
→냄새를 맡습니다 .

句型 23

地點＋에 가다
去某地

解說：「에」接在地點名詞後方，表示「方向／目的地」。

영화관에 가요 .
yo*ng.hwa.gwa.ne/ga.yo
去電影院。

화장실에 가요 ?
hwa.jang.si.re/ga.yo
去化妝室嗎？

지하철 역에 갑니까 ?
ji.ha.cho*l/yo*.ge/gam.ni.ga
去地鐵站嗎？

서울에 갑니다 .
so*.u.re/gam.ni.da
去首爾。

小試身手

你去海邊嗎？(海 바다)
→바다에 가요 ?

句型 24

地點＋에 오다
來某地

解說：「에」接在地點名詞後方，表示「方向／目的地」。

여기에 와요 .
yo*.gi.e/wa.yo
來這裡。

사무실에 와요 ?
sa.mu.si.re/wa.yo
你來辦公室嗎？

집에 옵니까 ?
ji.be/om.ni.ga
來家裡嗎？

친구가 타이페이에 옵니다 .
chin.gu.ga/ta.i.pe.i.e/om.ni.da
朋友來台北。

小試身手

來韓國。（韓國 한국 ）
→한국에 와요 .

句型 25

名詞＋이 / 가 있다
有某物

解說：「있다」為形容詞，意思為「有、在」。

남자친구가 있어요 .
nam.ja.chin.gu.ga/i.sso*.yo
有男朋友。

운동화가 있어요 ?
un.dong.hwa.ga/i.sso*.yo
有運動鞋嗎？

아들이 있습니다 .
a.deu.ri/it.sseum.ni.da
有兒子。

만원이 있습니까 ?
ma.nwo.ni/it.sseum.ni.ga
有一萬韓圜嗎？

小試身手

你有鑰匙嗎？ (鑰匙 열쇠)
→열쇠가 있어요 ?

句型 26

名詞＋이 / 가 없다
沒有某物

解說：「없다」為形容詞，意思為「沒有、不在」。

휴지가 없어요 .
hyu.ji.ga/o*p.sso*.yo
沒有衛生紙。

영수중이 없어요 ?
yo*ng.su.jeung.i/o*p.sso*.yo
沒有收據嗎？

펜이 없습니다 .
pe.ni/o*p.sseum.ni.da
沒有筆。

친구가 없습니까 ?
chin.gu.ga/o*p.sseum.ni.ga
沒有朋友嗎？

小試身手

沒有護照。（ 護照 여권)
→여권이 없어요 .

句型 27

名詞＋은 / 는
主題、對象

解說：「은 / 는」接在名詞後方時，表示句子的主題或闡述的對象。有尾音的名詞接「은」；沒有尾音的名詞接「는」。

이분은 부장님입니다 .
i.bu.neun/bu.jang.ni.mim.ni.da
這位是部長。

이것은 물이에요 .
i.go*.seun/mu.ri.e.yo
這個是水。

나는 돈이 없어요 .
na.neun/do.ni/o*p.sso*.yo
我沒有錢。

친구는 도서관에 가요 .
chin.gu.neun/do.so*.gwa.ne/ga.yo
朋友去圖書館。

小試身手

那不是麵包嗎？(麵包 빵)
→그것은 빵이 아니에요 ?

句型 28

位置＋에 있다
在某處

解說：「에」接在處所名詞後方，也表示「位置」。

귤은 식탁에 있어요 .
gyu.reun/sik.ta.ge/i.sso*.yo
橘子在餐桌。

지갑은 어디에 있어요 ?
ji.ga.beun/o*.di.e/i.sso*.yo
皮夾在哪裡呢？

고양이는 방에 있습니다 .
go.yang.i.neun/bang.e/it.sseum.ni.da
貓咪在房間。

케이크는 냉장고에 있습니까 ?
ke.i.keu.neun/ne*ng.jang.go.e/it.sseum.ni.
ga
蛋糕在冰箱嗎？

小試身手

修正液在鉛筆盒。（鉛筆盒 필통）
→수정액은 필통에 있어요 .

句型 29

位置＋에 없다
不在某處

解說：「에」接在處所名詞後方，也表示「位置」。

옷은 옷장에 없어요 .
o.seun/ot.jjang.e/o*p.sso*.yo
衣服不在衣櫃。

수첩은 서랍에 없어요 .
su.cho*.beun/so*.ra.be/o*p.sso*.yo
小冊子不在抽屜。

친구는 식당에 없습니다 .
chin.gu.neun/sik.dang.e/o*p.sseum.ni.da
朋友不在餐館。

저는 집에 없습니다 .
jo*.neun/ji.be/o*p.sseum.ni.da
我不在家。

小試身手

項鍊不在那裡嗎？(那裡 거기)
→목걸이는 거기에 없어요 ？

句型 30

位置＋에 계시다
人在某處

解說：있다（在）的敬語為「계시다」。當主語是需要尊敬的對象時，要使用계시다。

선생님은 교실에 계세요 .
so*n.se*ng.ni.meun/gyo.si.re/gye.se.yo
老師在教室。

아버지가 거실에 계세요 .
a.bo*.ji.ga/go*.si.re/gye.se.yo
爸爸在客廳。

할머니가 방에 계세요 .
hal.mo*.ni.ga/bang.e/gye.se.yo
奶奶在房間。

할아버지가 집에 계십니까 ?
ha.ra.bo*.ji.ga/ji.be/gye.sim.ni.ga
爺爺在家嗎？

小試身手

導演在二樓。（導演 감독）
→감독님은 이층에 계십니다 .

句型 31

位置＋에 안 계시다
人不在某處

解說：「안」為副詞，接在動詞、形容詞前方，表示否定。

교수님이 안 계십니까？
gyo.su.ni.mi/an/gye.sim.ni.ga
教授不在嗎？

손님이 여기에 안 계십니다．
son.ni.mi/yo*.gi.e/an/gye.sim.ni.da
客人不在這裡。

부모님이 부산에 안 계세요．
bu.mo.ni.mi/bu.sa.ne/an/gye.se.yo
父母不在釜山。

여기에 아무도 안 계세요？
yo*.gi.e/a.mu.do/an/gye.se.yo
這裡沒有人在嗎？

小試身手

課長不在公司。（課長 과장）
→과장님은 회사에 안 계세요．

句型 32

名詞＋하고 名詞
…和…

解說：하고為連接助詞，用來連接兩個名詞，意思是「和
／跟」。

여자하고 남자 .
yo*.ja.ha.go/nam.ja
女生和男生。

선생님하고 학생 .
so*n.se*ng.nim.ha.go/hak.sse*ng
老師和學生。

고기하고 야채를 사요 .
go.gi.ha.go/ya.che*.reul/ssa.yo
買肉和蔬菜。

언니하고 오빠가 있어요 .
o*n.ni.ha.go/o.ba.ga/i.sso*.yo
有姊姊和哥哥。

小試身手

吃吐司和牛奶。 (吐司 식빵)
→식빵하고 우유를 먹어요 .

句型 33

名詞＋와 / 과 名詞
…和…

解說：「과 / 와」和「하고」的意思相同。「과」接在有
尾音的名詞後方；「와」接在無尾音的名詞後方。

배우와 가수 .
be*.u.wa/ga.su
演員和歌手。

사전과 소설책 .
sa.jo*n.gwa/so.so*l.che*k
字典和小說。

화장품과 향수를 팔아요 .
hwa.jang.pum.gwa/hyang.su.reul/pa.ra.yo
賣化妝品和香水。

홍차와 커피를 마십니다 .
hong.cha.wa/ko*.pi.reul/ma.sim.ni.da
喝紅茶和咖啡。

小試身手

爸爸和媽媽去故鄉。（ 故鄉 고향 ）
→아버지와 어머니가 고향에 갑니다 .

句型 34

動、形容詞＋ (으) 시
尊敬主語

解說：在動、形容詞語幹後方接上 (으) 시，表示尊敬主語 (聽話者或比談話者或聽話者的年齡或社會地位還高的對象)。

어디에 가십니까？
o*.di.e/ga.sim.ni.ga
您要去哪裡？

사장님이 자료를 보십니다．
sa.jang.ni.mi/ja.ryo.reul/bo.sim.ni.da
社長看資料。

아버지가 신문을 읽으세요．
a.bo*.ji.ga/sin.mu.neul/il.geu.se.yo
爸爸讀報紙。

교수님이 젊으세요．
gyo.su.ni.mi/jo*l.meu.se.yo
教授年輕。

小試身手

大叔學英文。(英文 영어)
→아저씨가 영어를 공부하세요．

句型 35

이 / 그 / 저 ＋ 名詞
指示人事物

解說：이為近稱，意思為「這」；그為中稱，意思為「那」；
　　저為遠稱，意思為「那」（指示距離較遠的物品）。

이 사람 .
i/sa.ram
這個人。

그 친구 .
geu/chin.gu
那位朋友。

저 간판 .
jo*/gan.pan
（較遠的）那個招牌。

이 일 .
i/il
這件事。

小試身手

這副耳環很美。（耳環 귀걸이 ）
→이 귀걸이가 예쁩니다 .

句型 36

動詞＋고 싶다
想…。

解說：고 싶다接在動詞語幹後方，表示談話者的希望、
願望。

커피를 마시고 싶어요 .
ko*.pi.reul/ma.si.go/si.po*.yo
我想喝咖啡。

김밥을 먹고 싶어요 .
gim.ba.beul/mo*k.go/si.po*.yo
我想吃紫菜飯捲。

동창을 만나고 싶습니다 .
dong.chang.eul/man.na.go/sip.sseum.ni.da
我想見同學。

비행기를 타고 싶어요 ?
bi.he*ng.gi.reul/ta.go/si.po*.yo
你想搭飛機嗎？

小試身手

我想跟男朋友結婚。（結婚 결혼하다）
→남자친구하고 결혼하고 싶어요 .

句型 37

動詞＋고 싶어하다
（他）想…。

解說：主語是第三人稱時，要接「－고 싶어하다」。

동생이 술을 마시고 싶어합니다.

dong.se*ng.i/su.reul/ma.si.go/si.po*.ham.ni.
da

弟弟想喝酒。

형이 회사를 그만두고 싶어해요.

hyo*ng.i/hwe.sa.reul/geu.man.du.go/si.po*.
he*.yo

哥哥想辭職。

친구가 한국 여행을 가고 싶어해요.

chin.gu.ga/han.guk/yo*.he*ng.eul/ga.go/si.
po*.he*.yo

朋友想去韓國旅行。

小試身手

那個女生想去哪裡？
→그 여자가 어디에 가고 싶어해요?

句型 38

名詞＋도
…也

解說：도為助詞，接在名詞後面，相當於「也」的意思。

나도 부모님이 보고 싶어요 .
na.do/bu.mo.ni.mi/bo.go/si.po*.yo
我也想見爸媽。

김치도 좋아해요 ?
gim.chi.do/jo.a.he*.yo
泡菜也喜歡嗎 ?

저희도 중학생입니다 .
jo*.hi.do/jung.hak.sse*ng.im.ni.da
我們也是國中生。

청바지도 사고 싶어요 .
cho*ng.ba.ji.do/sa.go/si.po*.yo
牛仔褲也想買。

小試身手

張秘書也在這裡嗎 ?
→장 비서님도 여기에 계십니까 ?

句型 39

名詞＋들
…們

解說：들接在名詞後方，表示「複數」。

학생들이 운동장에 있어요 .
hak.sse*ng.deu.ri/un.dong.jang.e/i.sso*.yo
學生們在運動場。

아이들은 다 어디예요 ?
a.i.deu.reun/da/o*.di.ye.yo
孩子們都在哪裡？

한국 여배우들은 참 예쁩니다 .
han.guk/yo*.be*.u.deu.reun/cham/ye.beum.
ni.da
韓國女演員們真漂亮。

우리들도 놀이공원에 가요 .
u.ri.deul.do/no.ri.gong.wo.ne/ga.yo
我們也要去遊樂園。

小試身手

這裡很多車子跟人。
→여기에 차하고 사람들이 많습니다 .

句型 40

動詞＋(으)십시오.
請您…。

解說：為相當正式、尊敬的命令形終結語尾。語幹有尾音時，接「으십시오」；語幹沒有尾音時，接「십시오」。

기차역에 가십시오.
gi.cha.yo*.ge/ga.sip.ssi.o
請您去火車站。

돈을 주십시오.
do.neul/jju.sip.ssi.o
請您給我錢。

선물을 받으십시오.
so*n.mu.reul/ba.deu.sip.ssi.o
請您收下禮物。

여기에 앉으십시오.
yo*.gi.e/an.jeu.sip.ssi.o
請您坐這裡。

小試身手

請您相信我。（相信 믿다）
→저를 믿으십시오.

句型 41

動詞＋지 마십시오 .
請不要… 。

解說： (으) 십시오的否定型態是「～지 마십시오」。

떠나지 마십시오 .
do*.na.ji/ma.sip.ssi.o
請不要離開。

소주를 드시지 마십시오 .
so.ju.reul/deu.si.ji/ma.sip.ssi.o
請不要喝燒酒。

이 책을 보지 마십시오 .
i/che*.geul/bo.ji/ma.sip.ssi.o
請不要看這本書。

쓰레기를 버리지 마십시오 .
sseu.re.gi.reul/bo*.ri.ji/ma.sip.ssi.o
請不要丟垃圾。

小試身手

請不要聽歌。
→노래를 듣지 마십시오 .

句型 42

動詞＋（으）ㅂ시다.
（我們）…吧。

解說： 為勸誘型終結語尾，表示向對方提出建議或邀請他人一起做某事。語幹有尾音時，接「읍시다」；語幹沒有尾音時，接「ㅂ시다」。

녹차를 마십시다.
nok.cha.reul/ma.sip.ssi.da
我們喝綠茶吧。

일찍 잡시다.
il.jjik/jap.ssi.da
我們早點睡吧。

한국 요리를 먹읍시다.
han.guk/yo.ri.reul/mo*.geup.ssi.da
我們吃韓國菜吧。

좀 쉽시다.
jom/swip.ssi.da
我們休息一下吧。

小試身手

我們信耶穌吧。
→예수님을 믿읍시다.

句型 43

動詞＋지 맙시다．
（我們）不要…吧。

解說：(으) ㅂ시다的否定型態是「지 맙시다」，為禁止
型勸誘句。

우리 나가지 맙시다．
u.ri/na.ga.ji/map.ssi.da
我們不要出去吧。

버스를 타지 맙시다．
bo*.seu.reul/ta.ji/map.ssi.da
我們不要搭公車吧。

야식을 먹지 맙시다．
ya.si.geul/mo*k.jji/map.ssi.da
我們不要吃消夜吧。

과자를 사지 맙시다．
gwa.ja.reul/ssa.ji/map.ssi.da
我們不要買餅乾吧。

小試身手

我們不要打籃球吧。
→농구를 하지 맙시다．

句型 44

> # 動詞＋ (으) ㄹ까요 ?
> ## 要不要… ?

解說：「(으) ㄹ까요 ?」用來提議或詢問對方的意見，
也表示說話者向聽話者提議要不要一起去做某事。

이제 출발할까요 ?
i.je/chul.bal.hal.ga.yo
要不要現在出發 ?

축구를 할까요 ?
chuk.gu.reul/hal.ga.yo
要不要踢足球 ?

피자를 먹을까요 ?
pi.ja.reul/mo*.geul.ga.yo
要不要吃披薩 ?

미술관에 갈까요 ?
mi.sul.gwa.ne/gal.ga.yo
要不要去美術館 ?

小試身手

要不要游泳 ?
→수영을 할까요 ?

句型 45

> # 動詞＋（으）세요．
> # 請你（做）…。

解說：表示有禮貌地請求對方做某事。語幹有尾音時，接「으세요」；語幹沒有尾音時，接「세요」。

많이 사세요．
ma.ni/sa.se.yo
請多買一點。

얼른 나가세요．
o*l.leun/na.ga.se.yo
趕快出去。

정장을 입으세요．
jo*ng.jang.eul/i.beu.se.yo
請穿套裝。

일을 열심히 하세요．
i.reul/yo*l.sim.hi/ha.se.yo
請認真工作。

小試身手

請背單字。
→단어를 외우세요．

句型 46

動詞＋지 마세요 .
請不要… 。

解說：「지 마세요」表示有禮貌地請求對方不要做某事。

말씀하지 마세요 .
mal.sseum.ha.ji/ma.se.yo
請不要說。

전화를 하지 마세요 .
jo*n.hwa.reul/ha.ji/ma.se.yo
請不要打電話。

친구하고 얘기하지 마세요 .
chin.gu.ha.go/ye*.gi.ha.ji/ma.se.yo
請不要跟朋友聊天。

명품을 사지 마세요 .
myo*ng.pu.meul/ssa.ji/ma.se.yo
請不要買名牌。

小試身手

請勿進入裡面。
→안에 들어가지 마세요 .

句型 47

地點＋에서
在某地做…。

解說：「에서」接在地點名詞後方，可表示「動作發生的
地點」。

부엌에서 요리를 해요 .
bu.o*.ke.so*/yo.ri.reul/he*.yo
在廚房做菜。

레스토랑에서 저녁을 먹어요 .
re.seu.to.rang.e.so*/jo*.nyo*.geul/mo*.go*.yo
在西餐廳吃晚餐。

버스정류장에서 친구를 기다려요 .
bo*.seu.jo*ng.nyu.jang.e.so*/chin.gu.reul/gi.
da.ryo*.yo
在公車站等朋友。

小試身手

在房間上網。
→방에서 인터넷을 해요 .

句型 48

時間＋에
在某時做…。

解說：「에」接在時間名詞後方，可表示「動作發生的時間點」。

아침에 샤워를 해요 .
a.chi.me/sya.wo.reul/he*.yo
早上沖澡。

오후에 우체국에 가요 .
o.hu.e/u.che.gu.ge/ga.yo
下午去郵局。

저녁에 집에 돌아갑니다 .
jo*.nyo*.ge/ji.be/do.ra.gam.ni.da
傍晚回家。

밤에 뭐 해요 ?
ba.me/mwo/he*.yo
晚上你要做什麼？

小試身手

星期日在家裡打掃。
→일요일에 집에서 청소를 해요 .

句型 49

안＋動詞
不…

解說：「안」為副詞，放在動詞前方，用來否定動作。

공항에 안 가요.
gong.hang.e/an.ga.yo
不去機場。

그것을 안 사요.
geu.go*.seul/an.sa.yo
不買那個。

약혼을 안 해요.
ya.ko.neul/an.he*.yo
不訂婚。

약을 안 먹어요.
ya.geul/an.mo*.go*.yo
不吃藥。

小試身手

不寫作業。
→숙제를 안 해요.

句型 50

動詞＋지 않다
不…

解說：接在動詞語幹後方，用來否定動作。

병원에 가지 않아요 .
byo*ng.wo.ne/ga.ji/a.na.yo
不去醫院。

시험을 보지 않아요 .
si.ho*.meul/bo.ji/a.na.yo
不考試。

노래를 부르지 않습니다 .
no.re*.reul/bu.reu.ji/an.sseum.ni.da
不唱歌。

빨간색을 좋아하지 않습니까 ?
bal.gan.se*.geul/jjo.a.ha.ji/an.sseum.ni.ga
不喜歡紅色嗎 ？

小試身手

不下雨。
→비가 오지 않아요 .

句型 51

안＋形容詞
不…

解說：「안」為副詞，放在形容詞前方，用來否定狀態。

안 바빠요 .
an/ba.ba.yo
不忙。

안 더워요 .
an/do*.wo.yo
不熱。

머리가 안 길어요 .
mo*.ri.ga/an/gi.ro*.yo
頭髮不長。

한국어가 안 어렵습니다 .
han.gu.go*.ga/an/o*.ryo*p.sseum.ni.da
韓語不難。

小試身手

行李不重。
→짐이 안 무겁습니다 .

句型 52

形容詞＋지 않다
不…

解說：接在形容詞語幹後方，用來否定狀態。

산이 높지 않아요 .
sa.ni/nop.jji/a.na.yo
山不高。

물이 깊지 않아요 .
mu.ri/gip.jji/a.na.yo
水不深。

키가 크지 않습니다 .
ki.ga/keu.ji/an.sseum.ni.da
個子不高。

뚱뚱하지 않아요 ?
dung.dung.ha.ji/a.na.yo
不胖嗎？

小試身手

天氣不冷嗎？
→날씨가 춥지 않습니까 ?

句型 53

名詞＋만
只～

解說：만為助詞，接在名詞後方，表示「限定」。

나만 초등학생이에요 .
na.man/cho.deung.hak.sse*ng.i.e.yo
只有我是小學生。

친구가 고기만 먹어요 .
chin.gu.ga/go.gi.man/mo*.go*.yo
朋友只吃肉。

계란빵만 먹고 싶어요 .
gye.ran.bang.man/mo*k.go/si.po*.yo
只想吃雞蛋糕。

그 여자만 사랑해요 .
geu/yo*.ja.man/sa.rang.he*.yo
只愛那個女人。

小試身手

給我一千韓圜就好。
→천원만 주세요 .

句型 54

V / A＋았
過去型先行語尾

解說：接在語幹的母音是ㅏ或ㅗ的動詞、形容詞後方，表示過去的動作或狀態。

일본에 갔어요 .
il.bo.ne/ga.sso*.yo
去了日本。

텔레비전을 봤어요 .
tel.le.bi.jo*.neul/bwa.sso*.yo
看了電視。

아침에 바빴어요 .
a.chi.me/ba.ba.sso*.yo
早上很忙。

눈물이 났어요 .
nun.mu.ri/na.sso*.yo
流了眼淚。

小試身手

下午下了雪。
→오후에 눈이 왔어요 .

句型 55

V / A + 었
過去型先行語尾

解說：接在語幹的母音不是ㅏ或ㅗ的動詞、形容詞後方，表示過去的動作或狀態。

점심에 라면을 먹었어요 .

jo*m.si.me/ra.myo*.neul/mo*.go*.sso*.yo

中午吃了泡麵。

어제 반바지를 입었어요 .

o*.je/ban.ba.ji.reul/i.bo*.sso*.yo

昨天穿了短褲。

불고기가 맛있었어요 .

bul.go.gi.ga/ma.si.sso*.sso*.yo

烤肉好吃。

경치가 아름다웠어요 .

gyo*ng.chi.ga/a.reum.da.wo.sso*.yo

景色美麗。

小試身手

妹妹開了門。

→여동생이 문을 열었어요 .

句型 56

하다類 V / A +였
過去型先行語尾

解說：接在語幹是하다的動詞、形容詞後方，表示過去的動作或狀態。하和였會結合成「했」的型態。

어제 날씨가 따뜻했어요 .
o*.je/nal.ssi.ga/da.deu.te*.sso*.yo
昨天天氣很溫暖。

부모님이 많이 걱정했어요 .
bu.mo.ni.mi/ma.ni/go*k.jjo*ng.he*.sso*.yo
爸媽很擔心。

열심히 공부했습니까 ?
yo*l.sim.hi/gong.bu.he*t.sseum.ni.ga
有認真念書嗎？

언제 결혼했어요 ?
o*n.je/gyo*l.hon.he*.sso*.yo
什麼時候結婚的？

小試身手

昨天很累。
→어제 많이 피곤했어요 .

句型 57

動詞＋고 있다
正在…

解說：接在動詞語幹後方，表示該動作正在持續地進行。

아이는 아이스크림을 먹고 있어요 .
a.i.neun/a.i.seu.keu.ri.meul/mo*k.go/i.sso*.
yo
小孩正在吃冰淇淋。

오빠는 게임을 하고 있어요 .
o.ba.neun/ge.i.meul/ha.go/i.sso*.yo
哥哥正在玩遊戲。

나는 노래를 듣고 있어요 .
na.neun/no.re*.reul/deut.go/i.sso*.yo
我正在聽歌。

친구는 껌을 씹고 있어요 .
chin.gu.neun/go*.meul/ssip.go/i.sso*.yo
朋友正在嚼口香糖。

小試身手

我住在首爾市。
→저는 서울시에서 살고 있어요 .

句型 58

V＋겠
未來型先行語尾

解說：接在動詞語幹後方，主語是第一人稱（我）時，表示「未來意志」。

학교 앞에서 기다리겠어요 .
hak.gyo/a.pe.so*/gi.da.ri.ge.sso*.yo
我在學校前面等你。

내일 아침에 다시 오겠습니다 .
ne*.il/a.chi.me/da.si/o.get.sseum.ni.da
明天早上我會再來。

제가 먼저 하겠습니다 .
je.ga/mo*n.jo*/ha.get.sseum.ni.da
我先做。

다시 연락 드리겠습니다 .
da.si/yo*l.lak/deu.ri.get.sseum.ni.da
我會再連絡你。

小試身手

晚餐我請客。
→저녁은 내가 사겠어요 .

句型 59

V + ㄹ 거예요 .
我要（做）…

解說：接在動詞語幹後方，當主語是第一人稱（我）時，
表示「未來的計畫」或「個人意志」。

나는 오후에 돌아올 거예요 .

na.neun/o.hu.e/do.ra.ol/go*.ye.yo

我下午會回來。

저는 다음 달에 이사할 거예요 .

jo*.neun/da.eum/da.re/i.sa.hal/go*.ye.yo

我下個月要搬家。

남자친구하고 헤어질 거예요 .

nam.ja.chin.gu.ha.go/he.o*.jil/go*.ye.yo

我要跟男朋友分手。

토요일은 집에 있을 거예요 .

to.yo.i.reun/ji.be/i.sseul/go*.ye.yo

我星期六會在家裡。

小試身手

晚上我要吃披薩。

→저녁에 피자를 먹을 거예요 .

句型 60

못 V
不能⋯／無法⋯

解說： 못為副詞，放在動詞前方，表示沒有能力或因外在因素而無法做某事。

수족관에 못 가요．
su.jok.gwa.ne/mot/ga.yo
我不能去水族館。

한국어를 못 해요．
han.gu.go*.reul/mot/he*.yo
我不會講韓國話。

생선회를 못 먹어요．
se*ng.so*n.hwe.reul/mot/mo*.go*.yo
我不敢吃生魚片。

어제 밤에 잘 못 잤어요．
o*.je/ba.me/jal/mot/ja.sso*.yo
我昨天晚上睡不好。

小試身手

我沒看到那位朋友。
→그 친구를 못 봤어요．

句型 61

V＋지 못하다
不能…／無法…

解說：接在動詞語幹後方，表示沒有能力或因外在因素而無法做某事。

같이 가지 못해요.
ga.chi/ga.ji/mo.te*.yo
不能一起去。

남자친구하고 결혼하지 못했어요.
nam.ja.chin.gu.ha.go/gyo*l.hon.ha.ji/mo.te*.
sso*.yo
無法跟男朋友結婚。

도서관에서는 음식을 먹지 못합니다.
do.so*.gwa.ne.so*.neun/eum.si.geul/mo*k.jji
/mo.tam.ni.da
在圖書館不能飲食。

小試身手

無法參加明天的會議。
→내일 회의에 참석하지 못해요.

句型 62

時間부터 時間까지
從…到…為止

解說：「～부터 ～까지」表示某一時間的範圍。

월요일부터 금요일까지 학교에 가요 .
wo.ryo.il.bu.to*/geu.myo.il.ga.ji/hak.gyo.e/
ga.yo
星期一到星期五要去學校。

오후 두 시부터 네 시까지 수업을 합니다 .
o.hu/du/si.bu.to*/ne/si.ga.ji/su.o*.beul/
ham.ni.da
下午兩點到四點要上課。

밤 아홉 시부터 열 시까지 방에서 잤어요 .
bam/a.hop/si.bu.to*/yo*l/si.ga.ji/bang.e.so*
/ja.sso*.yo
在房間從晚上九點睡到十點。

小試身手

每年的十二月到一月最忙。
→매년 십이월부터 일월까지 제일
바빠요 .

句型 63

地點에서 地點까지
從…到…

解說:「〜에서 〜까지」表示某一距離的範圍。

학교에서 집까지 가깝습니다 .
hak.gyo.e.so*/jip.ga.ji/ga.gap.sseum.ni.da
從學校到家裡很近。

기숙사에서 학원까지 십오분쯤 걸려요 .
gi.suk.ssa.e.so*/ha.gwon.ga.ji/si.bo.bun.
jjeum/go*l.lyo*.yo
從宿舍到補習班要花 15 分鐘左右。

지하철 역에서 남산타워까지 어떻게
가요 ?
ji.ha.cho*l/yo*.ge.so*/nam.san.ta.wo.ga.ji/
o*.do*.ke/ga.yo
怎麼從地鐵站到南山塔?

小試身手

首爾到大邱有列車。
→서울에서 대구까지 열차가 있어요 .

句型 64

V / A + (으)면
如果…的話…

解說：接在動詞、形容詞或이다後方，表示條件或假設。

겨울이 오면 눈이 와요 .
gyo*.u.ri/o.myo*n/nu.ni/wa.yo
冬天到了會下雪。

영화를 보면 팝콘을 먹어요 .
yo*ng.hwa.reul/bo.myo*n/pap.ko.neul/
mo*.go*.yo
看電影會吃爆米花。

시간이 있으면 같이 놀아요 .
si.ga.ni/i.sseu.myo*n/ga.chi/no.ra.yo
如果你有時間，就一起玩吧。

일이 없으면 집에 가세요 .
i.ri/o*p.sseu.myo*n/ji.be/ga.se.yo
如果沒事就請回家吧。

小試身手

如果颱風來了，就不去旅行。
→태풍이 오면 여행을 안 가요 .

句型 65

V＋아 / 어 주다
為⋯做⋯

解說：接在動詞語幹後方，表示「為某人某事」。

사전 좀 빌려 주세요 .
sa.jo*n/jom/bil.lyo*/ju.se.yo
請借我字典。

사진 좀 찍어 주십시오 .
sa.jin/jom/jji.go*/ju.sip.ssi.o
請幫我拍照。

빨리 와 주세요 .
bal.li/wa/ju.se.yo
快點過來。

내가 다 해 줄게요 .
ne*.ga/da/he*/jul.ge.yo
什麼事我都為你做。

小試身手

下課後，打電話給我。
→수업이 끝나면 전화해 줘요 .

句型 66

V + 아 / 어 드리다
為…做…

解說：아 / 어 드리다為아 / 어 주다的敬語型態。

제가 도와 드릴게요 .
je.ga/do.wa/deu.ril.ge.yo
我來幫您。

저는 매일 어머니를 도와 드려요 .
jo*.neun/me*.il/o*.mo*.ni.reul/do.wa/deu.
ryo*.yo
我每天幫媽媽的忙。

비법을 하나 알려 드리겠습니다 .
bi.bo*.beul/ha.na/al.lyo*/deu.ri.get.sseum.
ni.da
告訴您一個秘訣。

小試身手

要幫您換位子嗎？
→자리를 바꿔 드릴까요 ?

句型 67

V + 아 / 어 보다
試著…

解說：接在動詞語幹後方，表示試著做看看某一行為。

한국에 가 보세요 .
han.gu.ge/ga/bo.se.yo
去韓國看看吧。

이 옷을 입어 봐요 .
i/o.seul/i.bo*/bwa.yo
穿穿看這件衣服吧。

다시 생각해 봐요 .
da.si/se*ng.ga.ke*/bwa.yo
您再想看看。

삼계탕을 먹어 봤어요 ?
sam.gye.tang.eul/mo*.go*/bwa.sso*.yo
你吃過蔘雞湯嗎？

請吃看看這個。
→이거 좀 먹어 보세요 .

句型 68

V + (으) 러
(去) …做某事

解說：接在動詞語幹後方，表示移動的「目的」。

식사하러 식당에 가요 .
sik.ssa.ha.ro*/sik.dang.e/ga.yo
去餐館用餐。

교수님을 만나러 학교에 갔어요 .
gyo.su.ni.meul/man.na.ro*/hak.gyo.e/ga.
sso*.yo
去學校見教授了。

파마하러 헤어샵에 가요 .
pa.ma.ha.ro*/he.o*.sya.be/ga.yo
去美髮廳燙頭髮。

책을 빌리러 도서관에 왔어요 .
che*.geul/bil.li.ro*/do.so*.gwa.ne/wa.sso*.yo
來圖書館借書。

小試身手

您是來這裡見我的嗎？
→저를 만나러 여기까지 오셨어요 ?

句型 69

名詞＋(으)로
往…

解說：接在表示地點或方向的名詞之後，表示「方向」。

오른쪽으로 가세요 .
o.reun.jjo.geu.ro/ga.se.yo
請右轉。

왼쪽으로 가요 .
wen.jjo.geu.ro/ga.yo
請左轉。

어디로 가세요 ?
o*.di.ro/ga.se.yo
您要往哪裡去？

아주머니가 미국으로 이민 가셨어요 .
a.ju.mo*.ni.ga/mi.gu.geu.ro/i.min/ga.syo*.
sso*.yo
阿姨移民去美國了。

小試身手

請來這邊。
→이쪽으로 와요 .

句型 70

名詞＋(으)로
搭乘…

解說：接在表示交通工具的名詞之後，表示「交通手段」。

기차로 고향에 가요.
gi.cha.ro/go.hyang.e/ga.yo
搭火車回故鄉。

버스로 회사에 갑니다.
bo*.seu.ro/hwe.sa.e/gam.ni.da
搭公車上班。

KTX로 부산까지 왔어요.
ktx.ro/bu.san.ga.ji/wa.sso*.yo
搭 KTX 來到了釜山。

소포는 배로 보냈어요.
so.po.neun/be*.ro/bo.ne*.sso*.yo
包裹用船運寄出了。

小試身手

我要搭飛機去濟州島。
→제주도에 비행기로 갈 거예요.

句型 71

名詞＋(으)로
用…

解說：接在表示材料、原料的名詞之後，表示「使用的材料」。

야채로 튀김을 만들어요 .
ya.che*.ro/twi.gi.meul/man.deu.ro*.yo
用蔬菜做炸物。

이것은 무엇으로 만들었습니까 ?
i.go*.seun/mu.o*.seu.ro/man.deu.ro*t.
sseum.ni.ga
這是用什麼做的呢？

고구마로 케이크를 만들어 주세요 .
go.gu.ma.ro/ke.i.keu.reul/man.deu.ro*/ju.se
.yo
請用地瓜幫我做蛋糕。

小試身手

用樹木製作家具。
→나무로 가구를 만들어요 .

連小學生都會的
國民韓語基礎句型

句型 72

名詞＋(으)로
利用…

解說：接在表示工具、物品的名詞之後，表示「使用的工具」。

식칼로 무를 썰어요 .
sik.kal.lo/mu.reul/sso*.ro*.yo
用菜刀切蘿蔔。

이메일로 사진을 보내요 .
i.me.il.lo/sa.ji.neul/bo.ne*.yo
用電子郵件寄照片。

연필로 그림을 그려요 .
yo*n.pil.lo/geu.ri.meul/geu.ryo*.yo
用鉛筆畫圖。

핸드폰으로 사진을 찍어요 .
he*n.deu.po.neu.ro/sa.ji.neul/jji.go*.yo
用手機拍照。

小試身手

用原子筆寫作業。
→볼펜으로 숙제를 해요 .

句型 73

V + (으) ㄹ 수 있다
可以…／會…

解說：接在動詞語幹後方，表示某人有做某事的「能力」或「可能性」。

잠깐 쉴 수 있어요.
jam.gan/swil/su/i.sso*.yo
可以稍微休息一下。

스키를 탈 수 있어요?
seu.ki.reul/tal/ssu/i.sso*.yo
你會滑雪嗎？

한국어 신문을 읽을 수 있어요.
han.gu.go*/sin.mu.neul/il.geul/ssu/i.sso*.yo
我會看韓語報紙。

小試身手

明天可以見面嗎？
→ 내일 만날 수 있습니까?

句型 74

V + (으) ㄹ 수 없다
不可以…／不會…

解說：接在動詞語幹後方，表示某人沒有做某事的「能力」
或「可能性」。

도와 줄 수 없습니다 .
do.wa/jul/su/o*p.sseum.ni.da
我不能幫你。

수영을 할 수 없어요 .
su.yo*ng.eul/hal/ssu/o*p.sso*.yo
我不能游泳。

지금 전화 할 수 없습니다 .
ji.geum/jo*n.hwa/hal/ssu/o*p.sseum.ni.da
現在不能打電話。

오늘 술을 마실 수 없어요 .
o.neul/ssu.reul/ma.sil/su/o*p.sso*.yo
今天不可以喝酒。

小試身手

週末可以一起去嗎？
→주말에 같이 갈 수 있어요 ?

句型 75

A +고
…又…

解說：接在形容詞後方，可以用來列舉兩個以上的狀態。

언니는 예쁘고 날씬해요 .
o*n.ni.neun/ye.beu.go/nal.ssin.he*.yo
姊姊漂亮又苗條。

동생은 똑똑하고 활발해요 .
dong.se*ng.eun/dok.do.ka.go/hwal.bal.he*.
yo
弟弟聰明又活潑。

오빠는 키가 크고 멋있어요 .
o.ba.neun/ki.ga/keu.go/mo*.si.sso*.yo
哥哥又高又帥。

날씨는 덥고 습해요 .
nal.ssi.neun/do*p.go/seu.pe*.yo
天氣又熱又潮濕。

小試身手

食物又少又難吃。
→음식은 적고 맛없어요 .

句型 76

V + 고
先⋯然後⋯

解說：接在動詞後方，可用來列舉兩個以上的動作，表示
動作的「先後順序」。

밥을 먹고 청소를 해요 .
ba.beul/mo*k.go/cho*ng.so.reul/he*.yo
吃飯之後打掃。

아침에 숙제를 하고 시장에 갔어요 .
a.chi.me/suk.jje.reul/ha.go/si.jang.e/ga.
sso*.yo
早上寫完作業後去了市場。

오후에 친구들하고 농구를 하고 집에
갔어요 .
o.hu.e/chin.gu.deul.ha.go/nong.gu.reul/ha.
go/ji.be/ga.sso*.yo
下午跟朋友打完籃球就回家了。

小試身手

做完工作後休息。
→일을 하고 쉬어요 .

句型 77

V + 아 / 어서
…然後…

解說：接在動詞語幹後方，表示動作在時間上的前後順序，前後兩個動作有極為密切的關係。

식당에 가서 식사했어요 .
sik.dang.e/ga.so*/sik.ssa.he*.sso*.yo
去餐館用餐了。

친구를 만나서 얘기했어요 .
chin.gu.reul/man.na.so*/ye*.gi.he*.sso*.yo
見朋友之後，一起聊天了。

술집에 가서 술을 마셨어요 .
sul.ji.be/ga.so*/su.reul/ma.syo*.sso*.yo
去居酒屋喝了酒。

라면을 끓여서 먹었어요 .
ra.myo*.neul/geu.ryo*.so*/mo*.go*.sso*.yo
煮泡麵來吃了。

小試身手

去醫院看醫生了。
→병원에 가서 의사 선생님을 만났어요 .

句型 78

V／A＋아／어서
因為…所以…

解說：接在動、形容詞語幹後方，表示「原因、理由」。

선풍기가 고장나서 새로 샀어요．
so*n.pung.gi.ga/go.jang.na.so*/se*.ro/sa.
sso*.yo
電風扇壞掉，所以新買一個了。

시간이 없어서 점심을 못 먹었어요．
si.ga.ni/o*p.sso*.so*/jo*m.si.meul/mot/mo*.
go*.sso*.yo
沒有時間，所以沒能吃午餐。

넘어져서 다리를 다쳤어요．
no*.mo*.jo*.so*/da.ri.reul/da.cho*.sso*.yo
因為跌倒，腳受傷了。

小試身手

因為天氣冷，所以買了圍巾。
→날씨가 추워서 목도리를 샀어요．

句型 79

V / A ＋지만
雖然…但是…

解說：接在動詞、形容詞語幹後方，表示前後兩個句子互相對立。

비가 오지만 시원해요 .

bi.ga/o.ji.man/si.won.he*.yo

雖然下雨，但是很涼爽。

아버지는 엄격하지만 어머니는 친절해요 .

a.bo*.ji.neun/o*m.gyo*.ka.ji.man/o*.mo*.ni.
neun/chin.jo*l.he*.yo

爸爸嚴格，但媽媽很親切。

그 학생은 머리가 좋지만 공부를 안 해요 .

geu/hak.sse*ng.eun/mo*.ri.ga/jo.chi.man/
gong.bu.reul/an/he*.yo

那位學生很聰明，但不念書。

小試身手

韓語很難，但很有趣。

→한국어가 어렵지만 재미있어요 .

句型 80

V / A＋(으)니까
因為…所以…

解說：接在動詞、形容詞語幹後方，表示理由或判斷的依
據。經常會與命令句或勸誘句一同使用。

비가 오니까 나가지 마세요.
bi.ga/o.ni.ga/na.ga.ji/ma.se.yo
下雨了不要出去吧。

늦었으니까 퇴근합시다.
neu.jo*.sseu.ni.ga/twe.geun.hap.ssi.da
很晚了，我們下班吧。

시간이 없으니까 서두릅시다.
si.ga.ni/o*p.sseu.ni.ga/so*.du.reup.ssi.da
沒時間了，我們快一點吧。

배가 고프니까 빨리 먹어요.
be*.ga/go.peu.ni.ga/bal.li/mo*.go*.yo
肚子餓了，快點吃吧。

小試身手

工作太多了，請幫幫我。
→일이 너무 많으니까 도와 주세요.

句型 81

名詞＋한테
給…／向…

解說：表示行為的歸著點，接在表示人或動物的有情名詞後方。

강아지한테 먹이를 주었어요 .
gang.a.ji.han.te/mo*.gi.reul/jju.o*.sso*.yo
給小狗飼料。

여자친구한테 반지를 줘요 .
yo*.ja.chin.gu.han.te/ban.ji.reul/jjwo.yo
給女朋友戒指。

친구한테 물어봤어요 .
chin.gu.han.te/mu.ro*.bwa.sso*.yo
問朋友了。

후배한테 영어를 가르쳐요 .
hu.be*.han.te/yo*ng.o*.reul/ga.reu.cho*.yo
教後輩英文。

小試身手

我會給小孩子們糖果。
→아이들한테 사탕을 줄 거예요 .

句型 82

名詞＋에게
給…／向…

解說：表示行為的歸著點，接在表示人或動物的有情名詞
後方。

나에게 묻지 마요 .

na.e.ge/mut.jji/ma.yo

不要問我。

민준 씨에게 영화표를 주고 싶어요 .

min.jun/ssi.e.ge/yo*ng.hwa.pyo.reul/jju.go/
si.po*.yo

我想給敏俊電影票。

한국 친구에게 엽서를 보냈어요 .

han.guk/chin.gu.e.ge/yo*p.sso*.reul/bo.ne*.
sso*.yo

寄明信片給韓國朋友了。

小試身手

買咖啡給同事們喝了。
→동료들에게 커피를 사 주었어요 .

句型 83

名詞＋께
給…／向…

解說：한테和에게的敬語是「께」。

부모님께 전화를 해요 .
bu.mo.nim.ge/jo*n.hwa.reul/he*.yo
打電話給爸媽。

선생님께 숙제를 드려요 .
so*n.se*ng.nim.ge/suk.jje.reul/deu.ryo*.yo
交作業給老師。

사장님께 전해 주세요 .
sa.jang.nim.ge/jo*n.he*/ju.se.yo
請幫我交給社長。

할아버지께 차를 드렸어요 .
ha.ra.bo*.ji.ge/cha.reul/deu.ryo*.sso*.yo
拿茶給爺爺喝了。

小試身手

給阿姨禮物了。
→아주머님께 선물을 드렸습니다 .

句型 84

名詞＋한테서
從…

解說：接在表示「人」的名詞後方，表示「出處、起點」。

선배한테서 선물을 받았어요 .
so*n.be*.han.te.so*/so*n.mu.reul/ba.da.
sso*.yo
從前輩那裡收到禮物了。

고향 친구한테서 편지가 왔어요 .
go.hyang/chin.gu.han.te.so*/pyo*n.ji.ga/wa.
sso*.yo
故鄉的朋友寄信來了。

누나한테서 돈을 빌렸어요 .
nu.na.han.te.so*/do.neul/bil.lyo*.sso*.yo
跟姊姊借了錢。

小試身手

美妍有跟你聯繫嗎？
→미연 씨한테서 연락 받았어요 ?

句型 85

名詞＋에게서
從…

解說：接在表示「人」的名詞後方，表示「出處、起點」。

반 친구에게서 이메일을 받았어요.
ban/chin.gu.e.ge.so*/i.me.i.reul/ba.da.sso*.
yo
收到班上朋友的電子郵件了。

남편에게서 소식을 들었어요.
nam.pyo*.ne.ge.so*/so.si.geul/deu.ro*.sso*.
yo
消息從老公那裡聽說了。

가족들에게서 많은 위로를 받았어요.
ga.jok.deu.re.ge.so*/ma.neun/wi.ro.reul/ba.
da.sso*.yo
從家人們那裡得到很多安慰。

小試身手

收到男朋友的玫瑰花了。
→ 남자친구에게서 장미꽃을 받았어요.

連小學生都會的
國民韓語基礎句型

句型 86

名詞＋께
從…

解說：한테서和에게서的敬語是「께」。

어머니께 피아노를 배웠어요 .
o*.mo*.ni.ge/pi.a.no.reul/be*.wo.sso*.yo
從媽媽那裡學了鋼琴。

부장님께 칭찬을 들었어요 .
bu.jang.nim.ge/ching.cha.neul/deu.ro*.sso*.
yo
從部長那裡得到了稱讚。

얘기는 아까 전에 엄마께 들었어요 .
ye*.gi.neun/a.ga/jo*.ne/o*m.ma.ge/deu.ro*.
sso*.yo
事情剛才從媽媽那裡聽說了。

小試身手

奶奶打電話來了。
→할머니께 전화가 왔어요 .

句型 87

A＋게
…地

解說：把形容詞語尾다去掉後接게，可變為副詞。用來修 飾後面動作的程度。

옷을 따뜻하게 입어요 .

o.seul/da.deu.ta.ge/i.bo*.yo

衣服穿暖一點。

머리를 짧게 자르고 싶어요 .

mo*.ri.reul/jjap.ge/ja.reu.go/si.po*.yo

我想把頭髮剪短一點。

예쁘게 웃으세요 .

ye.beu.ge/u.seu.se.yo

笑得美一點。

간단하게 설명해 주세요 .

gan.dan.ha.ge/so*l.myo*ng.he*/ju.se.yo

請簡單為我做說明。

小試身手

請打掃乾淨。

→깨끗하게 청소해 주세요 .

句型 88

A + (으) ㄴ N
…的…

**解說：接在形容詞語幹後方，用來修飾後面的名詞。表示
事物現在的性質或狀態。**

예쁜 꽃.
ye.beun/got
漂亮的花。

좋은 날씨.
jo.eun/nal.ssi
好天氣。

행복한 가정.
he*ng.bo.kan/ga.jo*ng
幸福的家庭。

많은 돈.
ma.neun/don
很多錢。

小試身手

苗條的身材。
→날씬한 몸.

句型 89

V +는 N
…的…

解說：接在動詞語幹後方，用來修飾後面的名詞。表示正在進行的動作或經常反覆出現的情況。

자는 아기.
ja.neun/a.gi
睡覺的嬰兒。

읽는 책.
ing.neun/che*k
讀的書。

보는 프로그램.
bo.neun/peu.ro.geu.re*m
看的節目。

먹는 음식.
mo*ng.neun/eum.sik
吃的食物。

小試身手

喝的飲料。
→마시는 음료수.

句型 90

V + (으) ㄴ N
…的…

解說：接在動詞語幹後方，用來修飾後面的名詞。表示該
行為在過去已經完成。

간 곳 .
gan/go
去過的地方。

본 잡지 .
gan/got
看過的雜誌。

먹은 빵 .
mo*.geun/bang
吃過的麵包。

들은 음악 .
deu.reun/eu.mak
聽過的音樂。

小試身手

學過的技術。
→배운 기술 .

句型 91

V + (으) ㄹ N
…的…

解說：接在動詞語幹後方，用來修飾後面的名詞。表示動作或行為將要發生。

만날 사람 .
man.nal/ssa.ram
要見的人。

만들 요리 .
man.deul/yo.ri
要做的菜。

살 것 .
sal/go*t
要買的東西。

받을 월급 .
ba.deul/wol.geup
要領的薪水。

小試身手

要做的事。
→할 일 .

句型 92

V + (으) ㄹ게요.
我來…／我會…

解說：接在動詞語幹後方，表示第一人稱（我）的意志或
意願，同時向聽話者做出承諾。

다시 연락할게요.
da.si/yo*l.la.kal.ge.yo
我會再連絡你。

맛있는 거 사 줄게요.
ma.sin.neun/go*/sa/jul.ge.yo
我請你吃好吃的。

꼭 도와 줄게요.
gok/do.wa/jul.ge.yo
我一定會幫你。

집 앞에서 기다릴게요.
jip/a.pe.so*/gi.da.ril.ge.yo
我在家門口等你。

小試身手

今天我來做菜。
→오늘은 내가 요리 할게요.

句型 93

V + (으) 면서
一邊…一邊…

解說：接在動詞語幹後方，表示兩個動作同時發生。

식사하면서 텔레비전을 봐요 .
sik.ssa.ha.myo*n.so*/tel.le.bi.jo*.neul/bwa.
yo
一邊用餐一邊看電視。

컴퓨터를 하면서 얘기를 해요 .
ko*m.pyu.to*.reul/ha.myo*n.so*/ye*.gi.reul/
he*.yo
一邊用電腦一邊聊天。

커피를 마시면서 일을 해요 .
ko*.pi.reul/ma.si.myo*n.so*/i.reul/he*.yo
一邊喝咖啡一邊工作。

小試身手

一邊洗澡一邊唱歌。
→샤워를 하면서 노래를 불러요 .

連小學生都會的
國民韓語基礎句型

句型 94

名詞＋ (이) 나
…或…

解說： (이) 나用來列舉兩個或兩個以上的名詞，表示從
兩者以上的事物選擇其一。

녹차나 커피가 있어요 ?
nok.cha.na/ko*.pi.ga/i.sso*.yo
有綠茶或咖啡嗎？

버스나 지하철로 출근해요 .
bo*.seu.na/ji.ha.cho*l.lo/chul.geun.he*.yo
搭公車或地鐵去上班。

서울이나 도쿄에 가고 싶어요 .
so*.u.ri.na/do.kyo.e/ga.go/si.po*.yo
我想去首爾或東京。

귤이나 수박을 사세요 .
gyu.ri.na/su.ba.geul/ssa.se.yo
請你買橘子或西瓜。

小試身手

我想學韓語或法語。
→한국어나 프랑스어를 배우고 싶어요 .

句型 95

A＋아／어 지다
變得…

解說：接在形容詞語幹後方，表示狀態的「變化」。

하늘이 빨개져요 .
ha.neu.ri/bal.ge*.jo*.yo
天空變紅。

소리가 커졌어요 .
so.ri.ga/ko*.jo*.sso*.yo
聲音變大了。

예뻐지고 싶어요 .
ye.bo*.ji.go/si.po*.yo
想變漂亮。

사람이 많아졌습니다 .
sa.ra.mi/ma.na.jo*t.sseum.ni.da
人變多了。

小試身手

天氣變冷了。
→날씨가 추워졌어요 .

句型 96

V / A ＋아 / 어야 되다
必須… / 應該…

解說：接在動詞、形容詞後方，表示必須要做的事或某種
必然的情況。

아침을 먹어야 돼요 .
a.chi.meul/mo*.go*.ya/dwe*.yo
應該吃早餐。

오늘 일해야 돼요 .
o.neul/il.he*.ya/dwe*.yo
今天必須工作。

상사에게는 존대말을 써야 돼요 .
sang.sa.e.ge.neun/jon.de*.ma.reul/sso*.ya/
dwe*.yo
對上司應該講敬語。

小試身手

必須去醫院。
→병원에 가야 돼요 .

句型 97

V + (으) 려면
想…的話…

解說：接在動詞語幹後方，表示假設有某一計畫或意圖。

돈을 벌려면 일자리를 구하세요 .

do.neul/bo*l.lyo*.myo*n/il.ja.ri.reul/gu.ha.
se.yo

想賺錢的話，請你找工作。

장학금을 받으려면 열심히 공부해요 .

jang.hak.geu.meul/ba.deu.ryo*.myo*n/yo*l.
sim.hi/gong.bu.he*.yo

想拿獎學金的話，請認真念書。

경기에서 이기려면 많이 연습해야 돼요 .

gyo*ng.gi.e.so*/i.gi.ryo*.myo*n/ma.ni/yo*n.
seu.pe*.ya/dwe*.yo

想在比賽中獲勝，應該多多練習。

小試身手

想減肥的話，請你運動。
→다이어트를 하려면 운동하세요 .

感情
表現篇

감정 표현

기쁠 때
gi.beul/de*

開心時

情境會話一

A : 너 왜 혼자 웃고 그래?
no*/we*/hon.ja/ut.go/geu.re*

B : 사실 나 오늘 고백 편지 받았거든.
sa.sil/na/o.neul/go.be*k/pyo*n.ji/ba.dat.go*
.deun

A : 진짜? 누구한테서 받았어?
jin.jja//nu.gu.han.te.so*/ba.da.sso*

中譯一

A : 你為什麼一個人在那裡笑？
B : 其實我今天收到情書了。
A : 真的嗎？你從誰那裡收到的？

情境會話二

A : 정말 신난다 ! 오늘 잠도 못 잘 것 같아 .
jo*ng.mal/ssin.nan.da//o.neul/jjam.do/mot
/jal/go*t/ga.ta

B : 왜 그렇게 기뻐 ?
we*/geu.ro*.ke/gi.bo*

A : 우리 야구팀이 이대일로 이겼어 .
u.ri/ya.gu.ti.mi/i.de*.il.lo/i.gyo*.sso*

B : 진짜 ? 잘 됐다 ! 우리 파티 하자 .
jin.jja//jal/dwe*t.da//u.ri/pa.ti/ha.ja

A : 선생님도 초대해서 같이 신나게 놀자 .
so*n.se*ng.nim.do/cho.de*.he*.so*/ga.chi/
sin.na.ge/nol.ja

中譯二

A : 真開心啊！今天可能會睡不著覺！
B : 為什麼那麼開心！
A : 我們棒球隊以 2 比 1 獲勝了。
B : 真的嗎？太棒了！我們開個 Party 吧。
A : 也邀請老師，大家一起開心玩樂吧！

核心單字 1

기쁘다
拼音：gi.beu.da
詞性：形容詞
中譯：高興

基本變化

기쁩니다 .
gi.beum.ni.da
高興。

기쁩니까 ?
gi.beum.ni.ga
高興嗎？

기뻐요 .
gi.bo*.yo
高興。

기뻤어요 .
gi.bo*.sso*.yo
（之前）高興。

기쁘지 않아요 .
gi.beu.ji/a.na.yo
不高興。

核心單字 2

웃다
拼音：ut.da
詞性：動詞
中譯：笑

基本變化

웃습니다 .
ut.sseum.ni.da
笑。

웃어요 .
u.so*.yo
笑。

웃었어요 .
u.so*.sso*.yo
笑了。

웃고 있어요 .
ut.go/i.sso*.yo
正在笑。

웃으세요 .
u.seu.se.yo
請笑。

核心單字 3

신나다
拼音：sin.na.da
詞性：動詞
中譯：興奮、激動、開心

基本變化

신납니다 .
sin.nam.ni.da
興奮。

신나요 .
sin.na.yo
興奮。

신났어요 .
sin.na.sso*.yo
（以前）興奮。

신납시다 .
sin.nap.ssi.da
一起興奮吧。

신나지 않아요 .
sin.na.ji/a.na.yo
不興奮。

核心單字 4

행복하다
拼音：he*ng.bo.ka.da
詞性：形容詞
中譯：幸福

基本變化

행복합니다 .
he*ng.bo.kam.ni.da
幸福。

행복해요 .
he*ng.bo.ke*.yo
幸福。

행복했어요 .
he*ng.bo.ke*.sso*.yo
（之前）幸福。

행복하지 않아요 .
he*ng.bo.ka.ji/a.na.yo
不幸福。

행복한 가정 .
he*ng.bo.kan/ga.jo*ng
幸福的家庭。

核心單字 5

재미있다

拼音：je*.mi.it.da

詞性：形容詞

中譯：有趣、好玩、有意思

基本變化

재미있습니다 .

je*.mi.it.sseum.ni.da

有趣。

재미있어요 ?

je*.mi.i.sso*.yo

有趣嗎？

재미있었어요 .

je*.mi.i.sso*.sso*.yo

（之前）有趣。

재미있지 않아요 .

je*.mi.it.jji/a.na.yo

不有趣。

재미있는 영화 .

je*.mi.in.neun/yo*ng.hwa

好看的電影。

好用句 1

기쁨
gi.beum
高興

나는 아주 기뻐요 .
na.neun/a.ju/gi.bo*.yo
我很高興。

난 매우 기뻐요 .
nan/me*.u/gi.bo*.yo
我非常高興。

지금 기쁘세요 ?
ji.geum/gi.beu.se.yo
你現在高興嗎？

너무 기뻐요 .
no*.mu/gi.bo*.yo
太開心了。

기뻐 죽겠어요 .
gi.bo*/juk.ge.sso*
開心死了。

와 , 기쁘시겠어요 .
wa//gi.beu.si.ge.sso*.yo
哇！你很高興吧？

당신을 만나서 정말 기뻐요 .

dang.si.neul/man.na.so*/jo*ng.mal/gi.bo*.
yo

見到你我真的很高興。

그 소식 들으니 정말 기쁩니다 .

geu/so.sik/deu.reu.ni/jo*ng.mal/gi.beum.ni.
da

聽了那個消息，我很高興。

오빠 , 뭐가 그렇게 기뻐요 .

o.ba//mwo.ga/geu.ro*.ke/gi.bo*.yo

哥，什麼事那麼開心？

제 딸이 결혼해서 무척 기뻐요 .

je/da.ri/gyo*l.hon.he*.so*/mu.cho*k/gi.bo*.
yo

我女兒結婚了，好開心啊！

좋은 성과를 거두어서 몹시 기쁩니다 .

jo.eun/so*ng.gwa/reul/go*.du.o*.so*/mop.ssi
/gi.beum.ni.da

我很高興可以得到好的成果。

내가 만든 프로젝트가 성공했다니 정말
기뻐요 .

ne*.ga/man.deun/peu.ro.jek.teu.ga/so*ng.
gong.he*t.da.ni/jo*ng.mal/gi.bo*.yo

我做的項目居然成功了，真是太開心。

오늘 숙제가 없어서 기뻐요 .
o.neul/ssuk.jje.ga/o*p.sso*.so*/gi.bo*.yo
很高興今天沒有作業。

오늘은 아주 기쁜 날이었어요 .
o.neu.reun/a.ju/gi.beun/na.ri.o*.sso*.yo
今天是很開心的一天。

서울대학교에 입학해서 너무 기뻐요 .
so*.ul.de*.hak.gyo.e/i.pa.ke*.so*/no*.mu/gi.
bo*.yo
很高興可以入取首爾大學。

아줌마 , 뭐가 그렇게 기쁩니까 ?
a.jum.ma/mwo.ga/geu.ro*.ke/gi.beum.ni.
ga
阿姨，什麼事那麼高興？

주말인데 안 기뻐요 .
ju.ma.rin.de/an/gi.bo*.yo
雖是週末卻不開心。

하나도 안 기뻐요 .
ha.na.do/an/gi.bo*.yo
一點也不開心。

기쁘면 웃어야 한다 .
gi.beu.myo*n/u.so*.ya/han.da
高興就要笑。

好用句 2

웃음
u.seum
笑

왜 웃어요 ?
we*/u.so*.yo
你為什麼笑？

항상 웃으십시오 !
hang.sang/u.seu.sip.ssi.o
請保持笑容！

웃지 마세요 .
ut.jji/ma.se.yo
請不要笑。

좀 웃으세요 .
jom/u.seu.se.yo
笑一下吧。

크게 웃어 봐요 .
keu.ge/u.so*/bwa.yo
試著大笑吧。

사람들이 나를 비웃어요 .
sa.ram.deu.ri/na.reul/bi.u.so*.yo
人們嘲笑我。

連小學生都會的
國民韓語基礎句型

웃는 모습 .
un.neun/mo.seup
笑的模樣。

정말 웃긴다 ! 웃겨 !
jo*ng.mal/ut.gin.da//ut.gyo*
真的很好笑 ! 很好笑 !

웃겨 죽겠네 .
ut.gyo*/juk.gen.ne
笑死我了 !

절대 웃으면 안 돼요 .
jo*l.de*/u.seu.myo*n/an/dwe*.yo
絕對不可以笑。

동생이 만화책 보다가 크게 웃었어요 .
dong.se*ng.i/man.hwa.che*k/bo.da.ga/keu.
ge/u.so*.sso*.yo
弟弟看漫畫看到一半大笑。

그녀가 내 앞에서 웃었다 .
geu.nyo*.ga/ne*/a.pe.so*/u.so*t.da
她在我面前笑了。

好用句 3

행복
he*ng.bok
幸福

난 행복해 .
nan/he*ng.bo.ke*
我很幸福。

행복해요 ?
he*ng.bo.ke*.yo
你幸福嗎 ?

꼭 행복하게 해 줄게요 .
gok/he*ng.bo.ka.ge/he*/jul.ge.yo
我一定會讓你幸福的。

네가 내 옆에 있어서 행복해 .
ne.ga/ne*/yo*.pe/i.sso*.so*/he*ng.bo.ke*
有你在我身邊 , 我很幸福。

내가 이보다 더 행복할 수 있을까 ?
ne*.ga/i.bo.da/do*/he*ng.bo.kal/ssu/i.sseul
.ga
還有比這個更幸福的嗎 ?

好用句 4

재미
je*.mi
有趣

재미있군요.
je*.mi.it.gu.nyo
很有趣耶！

뭐가 그렇게 재미있어요？
mwo.ga/geu.ro*.ke/je*.mi.i.sso*.yo
什麼事那麼有趣？

어제 본 영화가 재미있었어요？
o*.je/bon/yo*ng.hwa.ga/je*.mi.i.sso*.sso*.yo
昨天你看的電影好看嗎？

한국 드라마가 아주 재미있습니다.
han.guk/deu.ra.ma.ga/a.ju/je*.mi.it.sseum.
ni.da
韓國連續劇很好看。

이 게임은 좀 복잡하지만 재미있어요.
i/ge.i.meun/jom/bok.jja.pa.ji.man/je*.mi.i.
sso*.yo
這個遊戲雖有點複雜但很好玩。

好用句 5

행운
he*ng.un
幸運

잘 됐어요!
jal/dwe*.sso*.yo
太好了!

오늘 운이 좋네.
o.neul/u.ni/jon.ne
我今天運氣很好耶!

오늘 운이 좋은데요.
o.neul/u.ni/jo.eun.de.yo
今天運氣不錯耶!

이보다 더 좋을 수 없을 거야.
i.bo.da/do*/jo.eul/ssu/o*p.sseul/go*.ya
沒有比這個更讓我開心的!

오늘 운이 너무 안 좋아요.
o.neul/u.ni/no*.mu/an/jo.a.yo
今天運氣很不好。

나 복권 당첨 됐어!
na/bok.gwon/dang.cho*m/dwe*.sso*
我彩券中獎了。

達小學生都會的
國民韓語基礎句型

好用句 6

감동
gam.dong
感動

정말 감동했습니다 .
jo*ng.mal/gam.dong.he*t.sseum.ni.da
真的很感動！

더 이상 바랄 것이 없어요 .
do*/i.sang/ba.ral/go*.si/o*p.sso*.yo
我再也無所求了。

눈물이 날 정도로 기뻤어요 .
nun.mu.ri/nal/jjo*ng.do.ro/gi.bo*.sso*.yo
高興到快哭了。

너무 기뻐서 무슨 말을 해야 할지
모르겠어요 .
no*.mu/gi.bo*.so*/mu.seun/ma.reul/he*.ya
/hal.jji/mo.reu.ge.sso*.yo
高興到都不知道該說什麼。

너무 기뻐서 말이 안 나와요 .
no*.mu/gi.bo*.so*/ma.ri/an/na.wa.yo
開心到話都說不出來了。

好用句 7

안심
an.sim
安心

이제 안심해도 되겠네요 .
i.je/an.sim.he*.do/dwe.gen.ne.yo
現在可以放心了。

참 다행이에요 .
cham/da.he*ng.i.e.yo
真是太好了！

그 소식을 듣고 안심했습니다 .
geu/so.si.geul/deut.go/an.sim.he*t.sseum.ni
.da
聽了那個消息，就放心了。

이제 걱정하지 않으셔도 됩니다 .
i.je/go*k.jjo*ng.ha.ji/a.neu.syo*.do/dwem.ni.
da
現在您可以不必擔心了。

그 결과에 만족합니다 .
geu/gyo*l.gwa.e/man.jo.kam.ni.da
我很滿意那個結果。

好用句 8

좋은 기분
jo.eun/gi.bun
好心情

기분 끝내 주는군!
gi.bun/geun.ne*/ju.neun.gun
心情太好了!

멋질 거예요.
mo*t.jjil/go*.ye.yo
那一定很棒!

날아갈 것 같은 기분이에요.
na.ra.gal/go*t/ga.teun/gi.bu.ni.e.yo
高興到好像要飛上天了。

정말 즐거웠어요.
jo*ng.mal/jjeul.go*.wo.sso*.yo
真的很開心。

최고의 기분이에요.
chwe.go.ui/gi.bu.ni.e.yo
心情太棒了!

화날 때
hwa.nal/de*
生氣時

情境會話一

A : 오빠 지금 어디야 ? 왜 아직 안 와 ?
o.ba/ji.geum/o*.di.ya//we*/a.jik/an/wa

B : 길이 좀 막혀서 . 미안 . 잠깐만 더
기다려 줘 .
gi.ri/jom/ma.kyo*.so*//mi.an//jam.gan.
man/do*/gi.da.ryo*/jwo

A : 오빠는 왜 맨날 지각해 ? 10 분 안에 안
오면 난 간다 .
o.ba.neun/we*/me*n.nal/jji.ga.ke*//sip.bun
/a.ne/an/o.myo*n/nan/gan.da

中譯一

A : 哥，你在哪裡啊 ? 為什麼還不來 ?
B : 路上有點塞車，抱歉，再等我一下。
A : 你為什麼總是遲到 ? 你十分鐘內沒來，我
就要走了。

情境會話二

A : 발렌타인데이에는 뭐 할거야 ?
bal.len.ta.in.de.i.e.neun/mwo/hal.go*.ya

B : 글쎄 . 아직 생각 중인데 .
geul.sse//a.jik/se*ng.gak/jung.in.de

A : 뭐 ? 오빠는 계획 없어 ?
mwo//o.ba.neun/gye.hwek/o*p.sso*

B : 아직은.... 넌 뭐 하고 싶어 ?
a.ji.geun/no*n/mwo/ha.go/si.po*

A : 오빠는 정말 날 사랑해 ? 짜증나 ! 정말 .
o.ba.neun/jo*ng.mal/nal/ssa.rang.he*//jja.
jeung.na//jo*ng.mal

中譯二

A : 情人節的時候要做什麼啊 ?
B : 這個嘛…我還在想。
A : 什麼？哥哥你還沒有計畫嗎？
B : 還沒，你想做什麼？
A : 哥你真的愛我嗎？真的很煩耶！

核心單字 1

화나다
拼音：hwa.na.da
詞性：動詞
中譯：發火、生氣

基本變化

화납니다.
hwa.nam.ni.da
生氣。

화나요.
hwa.na.yo
生氣。

화나지 않아요.
hwa.na.ji/a.na.yo
不生氣。

화났어요.
hwa.na.sso*.yo
生氣了。

화나세요?
hwa.na.se.yo
您生氣嗎？

核心單字 2

화내다

拼音：hwa.ne*.da

詞性：動詞

中譯：發脾氣

基本變化

화냅니다 .

hwa.ne*m.ni.da

發脾氣。

화내요 .

hwa.ne*.yo

發脾氣。

화냈어요 .

hwa.ne*.sso*.yo

發脾氣了。

화내지 마세요 .

hwa.ne*.ji/ma.se.yo

請別發脾氣。

화냅시다 .

hwa.ne*p.ssi.da

我們發脾氣吧。

核心單字 3

짜증나다
拼音：jja.jeung.na.da
詞性：動詞
中譯：心煩、不耐煩

基本變化

짜증납니다 .
jja.jeung.nam.ni.da
心煩。

짜증나요 .
jja.jeung.na.yo
心煩。

짜증났어요 .
jja.jeung.na.sso*.yo
（過去）心煩。

짜증나지 않아요 .
jja.jeung.na.ji/a.na.yo
不心煩。

짜증나세요 ?
jja.jeung.na.se.yo
您心煩嗎？

核心單字 4

싸우다
拼音：ssa.u.da
詞性：動詞
中譯：吵架、打架

基本變化

싸웁니다 .
ssa.um.ni.da
打架。

싸워요 .
ssa.wo.yo
打架。

싸웠어요 .
ssa.wo.sso*.yo
打架了。

싸우지 않아요 .
ssa.u.ji/a.na.yo
不打架。

싸우세요 .
ssa.u.se.yo
請打架。

核心單字 5

욕하다
拼音：yo.ka.da
詞性：動詞
中譯：罵人

基本變化

욕합니다 .
yo.kam.ni.da
罵人。

욕해요 .
yo.ke*.yo
罵人。

욕했어요 .
yo.ke*.sso*.yo
罵人了。

욕하지 마요 .
yo.ka.ji/ma.yo
別罵人。

욕하지 않아요 .
yo.ka.ji/a.na.yo
不罵人。

核心單字 6

비난하다
拼音:bi.nan.ha.da
詞性:動詞
中譯:譴責

基本變化

비난합니다 .
bi.nan.ham.ni.da
譴責。

비난해요 .
bi.nan.he*.yo
譴責。

비난했어요 .
bi.nan.he*.sso*.yo
譴責了。

비난하지 않아요 .
bi.nan.ha.ji/a.na.yo
不譴責。

비난하지 마세요 .
bi.nan.ha.ji/ma.se.yo
不要譴責。

核心單字 7

혼나다
拼音：hon.na.da
詞性：動詞
中譯：被罵、挨訓

基本變化

혼납니다 .
hon.nam.ni.da
被罵。

혼나요 .
hon.na.yo
被罵。

혼났어요 .
hon.na.sso*.yo
被罵了。

혼나지 않아요 .
hon.na.ji/a.na.yo
不會被罵。

혼나면
hon.na.myo*n
如果被罵。

好用句 1

짜증
jja.jeung
心煩

정말 짜증나 !
jo*ng.mal/jja.jeung.na
真的很煩耶 !

당신이 짜증나면 나도 짜증나요 .
dang.si.ni/jja.jeung.na.myo*n/na.do/jja.
jeung.na.yo
如果你心煩的話，我也心煩。

짜증내는 이유가 뭐예요 ?
jja.jeung.ne*.neun/i.yu.ga/mwo.ye.yo
你心煩的理由是什麼 ?

여름 방학 숙제는 정말 짜증나 .
yo*.reum/bang.hak/suk.jje.neun/jo*ng.mal/
jja.jeung.na
暑假作業真的很煩。

날씨가 무더워서 짜증난다 .
nal.ssi.ga/mu.do*.wo.so*/jja.jeung.nan.da
天氣悶熱很煩。

好用句 2

싸움
ssa.um
吵架

그만 싸우세요 .
geu.man/ssa.u.se.yo
不要吵了。

친구들이랑 싸우지 마요 .
chin.gu.deu.ri.rang/ssa.u.ji/ma.yo
不要跟朋友吵架。

우리 크게 싸웠어요 .
u.ri/keu.ge/ssa.wo.sso*.yo
我們大吵一架。

어제도 엄마랑 싸웠어요 .
o*.je.do/o*m.ma.rang/ssa.wo.sso*.yo
我昨天也跟媽媽吵架了。

여자친구와 싸웠는데 화해하고 싶어요 .
yo*.ja.chin.gu.wa/ssa.won.neun.de/hwa.he*.
ha.go/si.po*.yo
我跟女朋友吵架，想和好。

더 이상 못 참아요 .
do*.i.sang/mot/cha.ma.yo
我再也不能忍受了。

공평하지 않아요 .
gong.pyo*ng.ha.ji/a.na.yo
那不公平。

너무 하시네요 .
no*.mu/ha.si.ne.yo
您太過分了。

넌 후회할 거야 .
no*n/hu.hwe.hal/go*.ya
你會後悔的。

꺼져 !
go*.jo*
滾開！

우리 끝났어요 .
u.ri/geun.na.sso*.yo
我們結束了。

용서 못하겠어요 .
yong.so*/mo.ta.ge.sso*.yo
我無法原諒你。

난 네가 꼴보기 싫어!
nan/ne.ga/gol.bo.gi/si.ro*
我不想看到你!

닥쳐!
dak.cho*
閉嘴!

듣기 싫어!
deut.gi/si.ro*
我不想聽!

네가 한 짓거리를 좀 봐!
ne.ga/han/jit.go*.ri.reul/jjom/bwa
看看你做得好事!

너 미쳤구나.
no*/mi.cho*t.gu.na
原來你瘋了!

너 미쳤니?
no*/mi.cho*n.ni
你瘋了嗎?

너 미쳤어!
no*/mi.cho*.sso*
你瘋了!

好用句 3

욕
yok
惡口

아무도 그녀를 욕하지 않아요 .
a.mu.do/geu.nyo*.reul/yo.ka.ji/a.na.yo
沒有人罵她。

남의 욕을 하지 마세요 .
na.mui/yo.geul/ha.ji/ma.se.yo
不要罵人。

술 취한 사람에게 욕을 먹었어요 .
sul/chwi.han/sa.ra.me.ge/yo.geul/mo*.go*.
sso*.yo
被酒醉的人罵了。

함부로 남을 욕하면 안 돼요 .
ham.bu.ro/na.meul/yo.ka.myo*n/an/dwe*.
yo
不可以隨便罵人。

너 주제 파악이나 좀 하지 ?
no*/ju.je/pa.a.gi.na/jom/ha.ji
你以為你是誰？

너 어디 잘못된 거 아니냐?
no*/o*.di/jal.mot.dwen/go*/a.ni.nya
你是不是哪裡有問題?

널 죽여버리겠어!
no*l/ju.gyo*.bo*.ri.ge.sso*
我要殺了你!

내 앞에서 꺼져!
ne*/a.pe.so*/go*.jo*
滾出我的視線!

네가 감히!
ne.ga/gam.hi
你竟敢!

너 질색이야.
no*/jil.se*.gi.ya
我厭惡你。

잘난 척 하지 마.
jal.lan/cho*k/ha.ji/ma
你不要自以為是!

너 따위는 아무것도 아니야.
no*/da.wi.neun/a.mu.go*t.do/a.ni.ya
你什麼也不是!

好用句 4

불만
bul.man
不滿

불만이 있어요 .
bul.ma.ni/i.sso*.yo
我有不滿。

야 ! 너 나한테 불만 있어 ?
ya//no*/na.han.te/bul.man/i.sso*
喂 ! 你對我不滿嗎 ?

너 그러는거 아니야 !
no*/geu.ro*.neun.go*/a.ni.ya
你不該那麼做 !

귀찮게 하지마 .
gwi.chan.ke/ha.ji.ma
別煩我 !

너 뭐라 했어 ?
no*/mwo.ra/he*.sso*
你説什麼 ?

불공평해 .
bul.gong.pyo*ng.he*
不公平。

내 시간을 낭비하지 마!
ne*/si.ga.neul/nang.bi.ha.ji/ma
不要浪費我的時間。

네가 뭔짓 했는지 알기나 해?
ne.ga/mwon.jit/he*n.neun.ji/al.gi.na/he*
你知道你做了什麼好事嗎?

너도 내 입장이 되어봐.
no*.do/ne*/ip.jjang.i/dwe.o*.bwa
你也站在我的立場看看。

그건 말도 안 돼요.
geu.go*n/mal.do/an/dwe*.yo
那太不像話。

그런 게 어디 있어! 이건 사기야!
geu.ro*n/ge/o*.di/i.sso*//i.go*n/sa.gi.ya
哪有那樣的。那是詐騙!

네가 나한테 어떻게 그럴 수 있어?
ne.ga/na.han.te/o*.do*.ke/geu.ro*l/su/
i.sso*
你怎麼可以對我那樣?

너 그게 무슨 태도야?
no*/geu.ge/mu.seun/te*.do.ya
你那是什麼態度?

好用句 5

화날 때
hwa.nal/de*
生氣時

나 화났어요 .
na/hwa.na.sso*.yo
我生氣了。

화를 내는 이유가 뭐야 ?
hwa.reul/ne*.neun/i.yu.ga/mwo.ya
你生氣的理由是什麼？

엄마가 저한테 화내셨어요 .
o*m.ma.ga/jo*.han.te/hwa.ne*.syo*.sso*.yo
媽媽對我發脾氣了。

상대방이 화를 내면 나도 화가 나요 .
sang.de*.bang.i/hwa.reul/ne*.myo*n/na.do/
hwa.ga/na.yo
對方生氣的話，我也會生氣。

화 좀 풀어 .
hwa/jom/pu.ro*
消消氣嘛！

난 네가 싫어 !
nan/ne.ga/si.ro*
我討厭你！

널 절대 용서하지 않을 거야 !
no*l/jo*l.de*/yong.so*.ha.ji/a.neul/go*.ya
我絕對不會原諒你！

변명 하지 마 .
byo*n.myo*ng/ha.ji/ma
不要狡辯。

거짓말 하지 마 .
go*.jin.mal/ha.ji/ma
不要說謊。

뻥 치지 마 .
bo*ng/chi.ji/ma
不要騙人。

너나 잘해 .
no*.na/jal.he*
管好你自己。

입 조심해 .
ip/jo.sim.he*
管好你的嘴巴。

슬플 때
seul.peul/de*
難過時

A : 왜 그런 표정이에요 ? 무슨 일이에요 ?
we*/geu.ro*n/pyo.jo*ng.i.e.yo//mu.seun/i.ri
.e.yo

B : 방금 좋아하는 여자한테 고백했는데 거절
당했어요 .
bang.geum/jo.a.ha.neun/yo*.ja.han.te/go.
be*.ke*n.neun.de/go*.jo*l/dang.he*.sso*.yo

A : 참 안 됐군요 .
cham/an/dwe*t.gu.nyo

A : 你怎麼那種表情？發生什麼事了？
B : 我剛才跟我喜歡的女生告白，結果被拒絕
了。
A : 真悲慘呢！

情境會話二

A : 무슨 일이 있었어 ? 왜 여기서 울고 있어 ?
mu.seun/i.ri/i.sso*.sso*//we*/yo*.gi.so*/ul.
go/i.sso*

B : 나를 좀 내버려둬 .
na.reul/jjom/ne*.bo*.ryo*.dwo

A : 도대체 무슨 일이야 ? 오빠한테 말해 봐 .
도와 줄게 .
do.de*.che/mu.seun/i.ri.ya//o.ba.han.te/
mal.he*/bwa//do.wa/jul.ge

B : 됐어 . 오빠 수업이 있잖아 . 그냥 가 .
dwe*.sso*//o.ba/su.o*.bi/it.jja.na//geu.
nyang/ga

中譯二

A : 你有什麼事嗎 ? 為什麼在這裡哭 ?
B : 讓我靜一靜。
A : 到底是什麼事情啊 ? 跟哥哥我説 ,我會幫你。
B : 算了 ,哥你要上課不是嗎 ? 你走吧。

核心單字 1

슬프다
拼音：seul.peu.da
詞性：形容詞
中譯：難過、傷心

基本變化

슬픕니다.
seul.peum.ni.da
難過。

슬퍼요.
seul.po*.yo
難過。

슬펐어요.
seul.po*.sso*.yo
（之前）難過。

슬픈 이야기.
seul.peun/i.ya.gi
哀傷故事。

슬프지 않아요.
seul.peu.jji/a.na.yo
不難過。

核心單字 2

울다
拼音：ul.da
詞性：動詞
中譯：哭

基本變化

웁니다 .
um.ni.da
哭。

울어요 .
u.ro*.yo
哭。

울었어요 .
u.ro*.sso*.yo
哭了。

울지 마세요 .
ul.ji/ma.se.yo
別哭。

우는 아이 .
u.neun/a.i
哭的小孩。

核心單字 3

눈물이 나다
拼音：nun.mu.ri/na.da
詞性：詞組
中譯：流淚

基本變化

눈물이 납니다 .
nun.mu.ri/nam.ni.da
流淚。

눈물이 나요 .
nun.mu.ri/na.yo
流淚。

눈물이 났어요 .
nun.mu.ri/na.sso*.yo
流淚了。

눈물이 나지 않아요 .
nun.mu.ri/na.ji/a.na.yo
不流淚。

눈물이 나면
nun.mu.ri/na.myo*n
如果流淚。

核心單字 4

답답하다
拼音：dap.da.pa.da
詞性：形容詞
中譯：煩悶、心急

基本變化

답답합니다.
dap.da.pam.ni.da
煩悶。

답답해요.
dap.da.pe*.yo
煩悶。

답답했어요.
dap.da.pe*.sso*.yo
（之前）煩悶。

답답한 마음.
dap.da.pan/ma.eum
煩悶的心。

답답하지 않아요.
dap.da.pa.ji/a.na.yo
不煩悶。

核心單字 5

우울하다
拼音：u.ul.ha.da
詞性：形容詞
中譯：憂鬱

基本變化

우울합니다 .
u.ul.ham.ni.da
憂鬱。

우울해요 .
u.ul.he*.yo
憂鬱。

우울했어요 .
u.ul.he*.sso*.yo
（之前）憂鬱。

우울한 기분 .
u.ul.han/gi.bun
憂鬱的心情。

우울하지 않아요 .
u.ul.ha.ji/a.na.yo
不憂鬱。

核心單字 6

걱정하다

拼音：go*k.jjo*ng.ha.da
詞性：動詞
中譯：擔心、操心

基本變化

걱정합니다 .

go*k.jjo*ng.ham.ni.da
擔心。

걱정해요 .

go*k.jjo*ng.he*.yo
擔心。

걱정했어요 .

go*k.jjo*ng.he*.sso*.yo
（之前）擔心。

걱정하지 마세요 .

go*k.jjo*ng.ha.ji/ma.se.yo
別擔心。

걱정하지 않아요 .

go*k.jjo*ng.ha.ji/a.na.yo
不擔心。

核心單字 7

외롭다
拼音：we.rop.da
詞性：形容詞
中譯：寂寞、孤單

基本變化

외롭습니다.
we.rop.sseum.ni.da
孤單。

외로워요.
we.ro.wo.yo
孤單。

외로웠어요.
we.ro.wo.sso*.yo
（之前）孤單。

외롭지 않아요.
we.rop.jji/a.na.yo
不孤單。

외로우면
we.ro.u.myo*n
如果孤單。

核心單字 8

후회하다
拼音：hu.hwe.ha.da
詞性：動詞
中譯：後悔

基本變化

후회합니다 .
hu.hwe.ham.ni.da
後悔。

후회해요 .
hu.hwe.he*.yo
後悔。

후회했어요 .
hu.hwe.he*.sso*.yo
後悔了。

후회하지 말아요 .
hu.hwe.ha.ji/ma.ra.yo
別後悔。

후회하지 않아요 .
hu.hwe.ha.ji/a.na.yo
不後悔。

核心單字 9

실망하다
拼音：sil.mang.ha.da
詞性：動詞
中譯：失望

基本變化

실망합니다 .
sil.mang.ham.ni.da
失望。

실망해요 .
sil.mang.he*.yo
失望。

실망했어요 .
sil.mang.he*.sso*.yo
失望了。

실망하지 않아요 .
sil.mang.ha.ji/a.na.yo
不失望。

실망하지 마세요 .
sil.mang.ha.ji/ma.se.yo
請別失望。

好用句 1

우울
u.ul
憂鬱

우울해 보이네요 .
u.ul.he*/bo.i.ne.yo
你看起來很憂鬱呢！

기분이 우울해요 .
gi.bu.ni/u.ul.he*.yo
心情憂鬱。

나 요즘 우울해요 .
na/yo.jeum/u.ul.he*.yo
我最近很憂鬱。

난 우울중에 걸렸나 봐 .
nan/u.ul.jeung.e/go*l.lyo*n.na/bwa
我好像得了憂鬱症。

좋은 점수를 받지 못해서 우울해요 .
jo.eun/jo*m.su.reul/bat.jji/mo.te*.so*/u.ul.
he*.yo
沒拿到好分數，很憂鬱。

인생이 참 우울하다 .
in.se*ng.i/cham/u.ul.ha.da
人生真憂鬱。

우울할 때 쇼핑 하고 싶어요 .
u.ul.hal/de*/syo.ping/ha.go/si.po*.yo
我憂鬱的時候會想逛街。

기분이 별로예요 .
gi.bu.ni/byo*l.lo.ye.yo
心情不怎麼樣。

너무 우울한 아침이었어요 .
no*.mu/u.ul.han/a.chi.mi.o*.sso*.yo
真是個憂鬱的早晨。

우울할 때 보통 뭐 해요 ?
u.ul.hal/de*/bo.tong/mwo/he*.yo
你憂鬱的時候通常會做什麼呢？

우울할 때 보통 음악을 들어요 .
u.ul.hal/de*/bo.tong/eu.ma.geul/deu.ro*.yo
我憂鬱的時候通常會聽音樂。

우울증을 극복하고 싶어요 .
u.ul.jeung.eul/geuk.bo.ka.go/si.po*.yo
我想克服憂鬱症。

好用句2

슬픔
seul.peum
難過

너무 슬퍼요.
no*.mu/seul.po*.yo
很難過。

기분이 안 좋아요.
gi.bu.ni/an/jo.a.yo
心情不好。

나 조금 슬퍼요.
na/jo.geum/seul.po*.yo
我有點難過。

너무 슬퍼하지 마요.
no*.mu/seul.po*.ha.ji/ma.yo
不要太傷心了。

울고 싶어요.
ul.go/si.po*.yo
我想哭。

많이 울었어요.
ma.ni/u.ro*.sso*.yo
大哭一場。

울지 마 .
ul.ji/ma
不要哭。

마음이 너무 아파요 .
ma.eu.mi/no*.mu/a.pa.yo
心很痛。

어제 슬픈 일이 있었어요 .
o*.je/seul.peun/i.ri/i.sso*.sso*.yo
昨天有很難過的事。

슬픈 영화가 싫어요 .
seul.peun/yo*ng.hwa.ga/si.ro*.yo
我討厭看悲傷電影。

아프지만 울지 않았어요 .
a.peu.ji.man/ul.ji/a.na.sso*.yo
雖然很痛，但是沒有哭。

모든 것이 다 끝났어요 .
mo.deun/go*.si/da/geun.na.sso*.yo
全都結束了。

더 이상 슬프지 않을 거야 .
do*/i.sang/seul.peu.jji/a.neul/go*.ya
我不會再哀傷了。

好用句3

외로움
we.ro.um
孤單

요즘 외로워요 .
yo.jeum/we.ro.wo.yo
最近很孤單。

신혼인데 너무 외로워요 .
sin.ho.nin.de/no*.mu/we.ro.wo.yo
還是新婚，卻很寂寞。

당신이 있으면 외롭지 않아요 .
dang.si.ni/i.sseu.myo*n/we.rop.jji/a.na.yo
有你我就不孤單。

예전에 유학을 갔을 때 정말 외로웠어요 .
ye.jo*.ne/yu.ha.geul/ga.sseul/de*/jo*ng.mal
/we.ro.wo.sso*.yo
以前去留學的時候，真的很孤單。

전혀 안 외롭습니다 .
jo*n.hyo*/an/we.rop.sseum.ni.da
我一點也不孤單。

連小學生都會的
國民韓語基礎句型

好用句 4

걱정할 때
go*k.jjo*ng.hal/de*
擔心時

걱정하지 마라 .
go*k.jjo*ng.ha.ji/ma.ra
不要擔心。

걱정할 일이라도 있어요 ?
go*k.jjo*ng.hal/i.ri.ra.do/i.sso*.yo
你有什麼擔心的事情嗎？

친구가 무슨 걱정이 있는 것 같아요 .
chin.gu.ga/mu.seun/go*k.jjo*ng.i/in.neun/
go*t/ga.ta.yo
朋友好像在擔心什麼事。

정말 사람 걱정시키네 !
jo*ng.mal/ssa.ram/go*k.jjo*ng.si.ki.ne
真是讓人擔心！

걱정 안 해도 돼요 .
go*k.jjo*ng/an/he*.do/dwe*.yo
你可以不用擔心。

好用句 5

답답할 때
dap.da.pal/de*
心煩時

가슴이 답답해요 .
ga.seu.mi/dap.da.pe*.yo
心裡煩悶。

답답한 심정 .
dap.da.pan/sim.jo*ng
著急的心情。

얼마나 외롭고 답답하시겠어요 .
o*l.ma.na/we.rop.go/dap.da.pa.si.ge.sso*.yo
您一定很孤單、煩悶吧？

답변 안 해 주시나요 ? 정말 답답하네요 .
dap.byo*n/an/he*/ju.si.na.yo/jo*ng.mal/
dap.da.pa.ne.yo
您不給我答覆嗎？真的很著急耶！

소포 배달이 안 와서 답답해 죽겠네요 .
so.po/be*.da.ri/an/wa.so*/dap.da.pe*/juk.
gen.ne.yo
宅配包裹還沒送來，快急死了。

好用句 6

후회할 때
hu.hwe.hal/de*
後悔時

참 후회해요.
cham/hu.hwe.he*.yo
真後悔。

난 후회하지 않아.
nan/hu.hwe.ha.ji/a.na
我不後悔。

전혀 후회하지 않아요.
jo*n.hyo*/hu.hwe.ha.ji/a.na.yo
我一點也不後悔。

이제 정말 후회한다.
i.je/jo*ng.mal/hu.hwe.han.da
現在我真後悔。

너 반드시 후회할 거야.
no*/ban.deu.si/hu.hwe.hal/go*.ya
你一定會後悔的。

후회하면 안 돼요.
hu.hwe.ha.myo*n/an/dwe*.yo
不可以後悔。

왜 후회해요 ?
we*/hu.hwe.he*.yo
你為什麼後悔 ?

이제와서 후회해도 소용 없어요 .
i.je.wa.so*/hu.hwe.he*.do/so.yong/o*p.sso*.
yo
現在才來後悔已經沒用了。

그렇게 하면 안 되는건데 .
geu.ro*.ke/ha.myo*n/an/dwe.neun.go*n.de
我不該那麼做的。

중학교 중퇴 많이 후회했어요 .
jung.hak.gyo/jung.twe/ma.ni/hu.hwe.he*.
sso*.yo
國中輟學的事我很後悔。

이렇게 될 줄은 몰랐어 .
i.ro*.ke/dwel/ju.reun/mol.la.sso*
我不知道事情會變成這樣。

돈을 더 벌었어야 했는데 .
do.neul/do*/bo*.ro*.sso*.ya/he*n.neun.de
應該多賺一點錢的。

그녀한테 좀더 일찍 고백할 걸 그랬어요 .
geu.nyo*.han.te/jom.do*/il.jjik/go.be*.kal/
go*l/geu.re*.sso*.yo
早知道應該早點跟她告白的。

好用句 7

실망할 때
sil.mang.hal/de*
失望時

정말 실망이야 .
jo*ng.mal/ssil.mang.i.ya
真失望！

나를 실망시키지 마요 .
na.reul/ssil.mang.si.ki.ji/ma.yo
別讓我失望。

남자친구한테 많이 실망했어요 .
nam.ja.chin.gu.han.te/ma.ni/sil.mang.he*.
sso*.yo
我對男朋友很失望。

정말 아쉽네요 .
jo*ng.mal/a.swim.ne.yo
真可惜。

희망이 없어요 .
hi.mang.i/o*p.sso*.yo
沒有希望。

포기하는 게 낫겠네요 .
po.gi.ha.neun/ge/nat.gen.ne.yo
我想還是放棄吧。

아 ! 진짜 대실망이야 .
a//jin.jja/de*.sil.mang.i.ya
啊～真是太失望了。

너무 실망스러웠어요 .
no*.mu/sil.mang.seu.ro*.wo.sso*.yo
很失望。

그 애한테 너무 서운하다 .
geu/e*.han.te/no*.mu/so*.un.ha.da
對他感到很遺憾。

왜 ? 벌써 갔어 ?
we*//bo*l.sso*/ga.sso*
為什麼？他已經走了嗎？

먼저 가서 유감이에요 .
mo*n.jo*/ga.so*/yu.ga.mi.e.yo
很遺憾你先走了。

일찍 가야 되니 아쉬워요 .
il.jjik/ga.ya/dwe.ni/a.swi.wo.yo
這麼早就走真可惜。

난처할 때
nan.cho*.hal/de*

難為時

情境會話一

A : 준영 씨 , 지금 나랑 같이 은행에 다녀올
수 있어요 ?
ju.nyo*ng/ssi//ji.geum/na.rang/ga.chi/eun.
he*ng.e/da.nyo*.ol/su/i.sso*.yo

B : 미안하지만 지금 좀 곤란해요 .
mi.an.ha.ji.man/ji.geum/jom/gol.lan.he*.yo

A : 괜찮아요 . 알았어요 .
gwe*n.cha.na.yo//a.ra.sso*.yo

中譯一

A : 俊英，你現在可以跟我一起去趟銀行嗎？
B : 對不起，現在有點困難。
A : 沒關係，我知道了。

情境會話二

A : 지금 무슨 생각을 해요?
ji.geum/mu.seun/se*ng.ga.geul/he*.yo

B : 아니에요. 별거 아니에요.
a.ni.e.yo//byo*l.go*/a.ni.e.yo

A : 나한테 말 못 해요? 도와 줄 수 있는데.
na.han.te/mal/mot/he*.yo//do.wa/jul/su/
in.neun.de

B : 그냥 지금 운전하는 차를 새로 바꿀까 말
까? 고민 중이에요.
geu.nyang/ji.geum/un.jo*n.ha.neun/cha.
reul/sse*.ro/ba.gul.ga/mal.ga//go.min/jung
.i.e.yo

A : 차 살 돈 있으면 바꾸죠.
cha/sal/don/i.sseu.myo*n/ba.gu.jyo

中譯二

A : 你在想什麼?
B : 沒有啦,沒什麼。
A : 不能跟我說嗎?我可以幫你的。
B : 我只是在煩惱要不要換掉我現在開的車。
A : 你有錢買車的話,就換掉囉!

核心單字 1

긴장하다
拼音：gin.jang.ha.da
詞性：動詞
中譯：緊張

基本變化

긴장합니다 .
gin.jang.ham.ni.da
緊張。

긴장해요 .
gin.jang.he*.yo
緊張。

긴장했어요 .
gin.jang.he*.sso*.yo
緊張了。

긴장하지 않아요 .
gin.jang.ha.ji/a.na.yo
不緊張。

긴장합시다 .
gin.jang.hap.ssi.da
緊張吧。

核心單字 2

곤란하다
拼音：gol.lan.ha.da
詞性：形容詞
中譯：困難

基本變化

곤란합니다 .
gol.lan.ham.ni.da
困難。

곤란해요 .
gol.lan.he*.yo
困難。

곤란했어요 .
gol.lan.he*.sso*.yo
（之前）困難。

곤란하지 않아요 .
gol.lan.ha.ji/a.na.yo
不困難。

곤란한 상황 .
gol.lan.han/sang.hwang
困難的狀況。

核心單字 3

두렵다
拼音：du.ryo*p.da
詞性：形容詞
中譯：害怕、畏懼

基本變化

두렵습니다 .
du.ryo*p.sseum.ni.da
害怕。

두려워요 .
du.ryo*.wo.yo
害怕。

두려웠어요 .
du.ryo*.wo.sso*.yo
（之前）害怕。

두렵지 않아요 .
du.ryo*p.jji/a.na.yo
不害怕。

두려운 표정 .
du.ryo*.un/pyo.jo*ng
害怕的表情。

核心單字 4

무섭다
拼音：mu.so*p.da
詞性：形容詞
中譯：可怕、害怕

基本變化

무섭습니다.
mu.so*p.sseum.ni.da
可怕。

무서워요.
mu.so*.wo.yo
可怕。

무서웠어요.
mu.so*.wo.sso*.yo
（之前）可怕。

무섭지 않아요.
mu.so*p.jji/a.na.yo
不可怕。

무서운 밤.
mu.so*.un/bam
可怕的夜晚。

核心單字 5

고민하다
拼音：go.min.ha.da
詞性：動詞
中譯：苦惱、苦悶

基本變化

고민합니다 .
go.min.ham.ni.da
苦惱。

고민해요 .
go.min.he*.yo
苦惱。

고민했어요 .
go.min.he*.sso*.yo
苦惱了。

고민하지 않아요 .
go.min.ha.ji/a.na.yo
不苦惱。

고민하지 마세요 .
go.min.ha.ji/ma.se.yo
別苦惱。

核心單字 6

거절하다
拼音：go*.jo*l.ha.da
詞性：動詞
中譯：拒絕

基本變化

거절합니다 .
go*.jo*l.ham.ni.da
拒絕。

거절해요 .
go*.jo*l.he*.yo
拒絕。

거절했어요 .
go*.jo*l.he*.sso*.yo
拒絕了。

거절하지 않아요 .
go*.jo*l.ha.ji/a.na.yo
不拒絕。

거절하세요 .
go*.jo*l.ha.se.yo
請拒絕。

核心單字 7

반대하다
拼音：ban.de*.ha.da
詞性：動詞
中譯：反對

基本變化

반대합니다 .
ban.de*.ham.ni.da
反對。

반대해요 .
ban.de*.he*.yo
反對。

반대했어요 .
ban.de*.he*.sso*.yo
反對了。

반대하지 않아요 .
ban.de*.ha.ji/a.na.yo
不反對。

반대하세요 .
ban.de*.ha.se.yo
請反對。

核心單字 8

당황하다
拼音：dang.hwang.ha.da
詞性：動詞
中譯：慌張、驚慌

基本變化

당황합니다 .
dang.hwang.ham.ni.da
慌張。

당황해요 .
dang.hwang.he*.yo
慌張。

당황했어요 .
dang.hwang.he*.sso*.yo
慌張了。

당황하지 않아요 .
dang.hwang.ha.ji/a.na.yo
不慌張。

당황하지 마세요 .
dang.hwang.ha.ji/ma.se.yo
請別慌張。

核心單字 9

부끄럽다
拼音：bu.geu.ro*p.da
詞性：形容詞
中譯：害羞、丟臉

基本變化

부끄럽습니다 .
bu.geu.ro*p.sseum.ni.da
害羞。

부끄러워요 .
bu.geu.ro*.wo.yo
害羞。

부끄러웠어요 .
bu.geu.ro*.wo.sso*.yo
（之前）害羞。

부끄럽지 않아요 .
bu.geu.ro*p.jji/a.na.yo
不害羞。

부끄러운 여자 .
bu.geu.ro*.un/yo*.ja
害羞的女生。

好用句 1

긴장할 때
gin.jang.hal/de*
緊張時

아 ~ 긴장돼 .
a/gin.jang.dwe*
啊～好緊張。

떨지 마요 .
do*l.ji/ma.yo
不要發抖。

긴장 안 해요 .
gin.jang/an/he*.yo
我不緊張。

전혀 긴장감이 없어요 .
jo*n.hyo*/gin.jang.ga.mi/o*p.sso*.yo
一點緊張感都沒有。

발표를 할 때 너무 긴장이 돼요 .
bal.pyo/reul/hal/de*/no*.mu/gin.jang.i/
dwe*.yo
發表的時候很緊張。

好用句 2

아플 때
a.peul/de*
生病時

머리가 아파요 .
mo*.ri.ga/a.pa.yo
頭痛。

감기에 걸렸어요 .
gam.gi.e/go*l.lyo*.sso*.yo
感冒了。

다리를 다쳤어요 .
da.ri.reul/da.cho*.sso*.yo
腿受傷了。

배가 자주 아파요 .
be*.ga/ja.ju/a.pa.yo
肚子經常會痛。

몸이 아프면 병원에 가요 .
mo.mi/a.peu.myo*n/byo*ng.wo.ne/ga.yo
身體不適就去看醫生。

약을 먹었어요 ?
ya.geul/mo*.go*.sso*.yo
吃過藥了嗎？

목이 아픕니다 .
mo.gi/a.peum.ni.da
喉嚨痛。

콧물이 나요 .
kon.mu.ri/na.yo
流鼻水。

식욕이 없어요 .
si.gyo.gi/o*p.sso*.yo
沒有食欲。

이가 아파요 .
i.ga/a.pa.yo
牙痛。

온몸이 쑤셔요 .
on.mo.mi/ssu.syo*.yo
全身痠痛。

자주 졸려요 .
ja.ju/jol.lyo*.yo
一直想睡覺。

열이 있어요 .
yo*.ri/i.sso*.yo
發燒。

好用句 3

두려움
du.ryo*.um
懼怕

진짜 무서웠다 .
jin.jja/mu.so*.wot.da
真的很害怕。

실패를 두려워하지 마요 .
sil.pe*.reul/du.ryo*.wo.ha.ji/ma.yo
不要害怕失敗。

조금도 두렵지 않아요 .
jo.geum.do/du.ryo*p.jji/a.na.yo
一點也不害怕。

저는 사장님이 두렵습니다 .
jo*.neun/sa.jang.ni.mi/du.ryo*p.sseum.ni.da
我害怕老闆。

가끔 두려울 때가 있어요 .
ga.geum/du.ryo*.ul/de*.ga/i.sso*.yo
偶爾會有害怕的時候。

죽음이 두렵습니까 ?
ju.geu.mi/du.ryo*p.sseum.ni.ga
你害怕死亡嗎?

好用句 4

고민할 때
go.min.hal/de*
苦惱時

일자리 때문에 고민하세요 ?
il.ja.ri/de*.mu.ne/go.min.ha.se.yo
你在為工作煩惱嗎 ?

아직도 고민하세요 ?
a.jik.do/go.min.ha.se.yo
您還在煩惱嗎 ?

나 요즘 고민이 있어요 .
na/yo.jeum/go.mi.ni/i.sso*.yo
我最近有苦惱的事。

요즘 스트레스를 많이 받고 있어요 .
yo.jeum/seu.teu.re.seu.reul/ma.ni/bat.go/i.
sso*.yo
最近壓力很大。

진학 문제로 고민하고 있어요 .
jin.hak/mun.je.ro/go.min.ha.go/i.sso*.yo
因為升學的問題在煩惱。

好用句 5

거절할 때
go*.jo*l.hal/de*
拒絕時

안 돼요 .
an/dwe*.yo
不行。

거절해요 .
go*.jo*l.he*.yo
我拒絕。

싫어요 .
si.ro*.yo .
不要。

할 수 없어요 .
hal/ssu/o*p.sso*.yo
做不到。

시간이 없어요 .
si.ga.ni/o*p.sso*.yo
沒有時間。

나 그렇게 못 해요 .
na/geu.ro*.ke/mot/he*.yo
我無法那樣做。

도와 줄 수 없어요 .
do.wa/jul/su/o*p.sso*.yo
我不能幫你。

안 할래요 .
an/hal.le*.yo
我不做。

하고 싶지 않아요 .
ha.go/sip.jji/a.na.yo
我不想做。

미안해요 . 좀 곤란해요 .
mi.an.he*.yo//jom/gol.lan.he*.yo
對不起，有點困難。

됐어요 . 필요없어요 .
dwe*.sso*.yo//pi.ryo.o*p.sso*.yo
算了，不需要。

그럴 생각이 없어요 .
geu.ro*l/se*ng.ga.gi/o*p.sso*.yo
我不想那樣。

가고 싶지만 선약이 있어요 .
ga.go/sip.jji.man/so*.nya.gi/i.sso*.yo
我想去，但是我已經有約了。

고맙지만 , 사양합니다 .
go.map.jji.man//sa.yang.ham.ni.da
謝謝，但我拒絕。

할 수 없을 것 같군요 .
hal/ssu/o*p.sseul/go*t/gat.gu.nyo
好像不能的樣子。

부탁 안 받은 걸로 하겠습니다 .
bu.tak/an/ba.deun/go*l.lo/ha.get.sseum.ni.
da
我不接受你的請託。

죄송하지만 즉시 해드릴 수는 없겠는데요 .
jwe.song.ha.ji.man/jeuk.ssi/he*.deu.ril/su.
neun/o*p.gen.neun.de.yo
對不起，我無法馬上幫你。

글쎄요 , 다음 번에 .
geul.sse.yo//da.eum/bo*.ne
這個嘛…下次好了。

절대 안 돼요 !
jo*l.de*/an/dwe*.yo
絕對不行。

그건 불가능해요 .
geu.go*n/bul.ga.neung.he*.yo
那是不可能的。

好用句6

반대할 때
ban.de*.hal/de*
反對時

반대해요 .
ban.de*.he*.yo
我反對。

찬성하지 않아요 .
chan.so*ng.ha.ji/a.na.yo
我不贊成。

동의할 수 없어요 .
dong.ui.hal/ssu/o*p.sso*.yo
我不能同意。

지지할 수 없습니다 .
ji.ji.hal/ssu/o*p.sseum.ni.da
我不能支持。

내 생각은 당신과 달라요 .
ne*/se*ng.ga.geun/dang.sin.gwa/dal.la.yo
我的想法跟你不同。

난 이 결혼 반대야 !
nan/i/gyo*l.hon/ban.de*.ya
我反對這個結婚。

저는 그렇게 생각하지 않아요 .
jo*.neun/geu.ro*.ke/se*ng.ga.ka.ji/a.na.yo
我不那樣認為。

유감스럽지만 아닙니다 .
yu.gam.seu.ro*p.jji.man/a.nim.ni.da
很遺憾，不是那樣的。

동의하지 않습니다 .
dong.ui.ha.ji/an.sseum.ni.da
我不同意。

당신이 틀린 것 같아요 .
dang.si.ni/teul.lin/go*t/ga.ta.yo
你似乎錯了。

그건 그쪽 생각이죠 .
geu.go*n/geu.jjok/se*ng.ga.gi.jyo
那是你的想法。

그 의견에 반대합니다 .
geu/ui.gyo*.ne/ban.de*.ham.ni.da
我反對那個意見。

다른 의견이 있어요 .
da.reun/ui.gyo*.ni/i.sso*.yo
我有其他意見。

好用句 7

당황할 때
dang.hwang.hal/de*
慌張時

왜 그렇게 당황해요 ?
we*/geu.ro*.ke/dang.hwang.he*.yo
你為什麼那麼慌張？

무슨 일이 있어요 ?
mu.seun/i.ri/i.sso*.yo
有什麼事嗎？

무척 당황하셨겠어요 .
mu.cho*k/dang.hwang.ha.syo*t.ge.sso*.yo
您一定很慌張。

당황하지 마라 . 하늘이 무너지진 않는다 .
dang.hwang.ha.ji/ma.ra//ha.neu.ri/mu.no*.
ji.jin/an.neun.da
別慌張，天不會塌。

어떻게 하면 좋을지 모르겠어요 .
o*.do*.ke/ha.myo*n/jo.eul.jji/mo.reu.ge.sso*
.yo
我真不知道該怎麼辦。

好用句 8

바쁠 때
ba.beul/de*
忙碌時

바쁘세요 ?
ba.beu.se.yo
您忙嗎？

지금은 바빠요 .
ji.geu.meun/ba.ba.yo
現在很忙。

안 바빠요 .
an/ba.ba.yo
不忙。

무지 바쁩니다 .
mu.ji/ba.beum.ni.da
非常忙。

어제 너무 바빴어요 .
o*.je/no*.mu/ba.ba.sso*.yo
昨天很忙。

아침에 아파서 아침을 못 먹었어요 .
a.chi.me/a.pa.so*/a.chi.meul/mot/mo*.go*.
sso*.yo
早上很忙，所以沒能吃早餐。

커피 한 잔 할 시간 있어요 ?
ko*.pi/han/jan/hal/ssi.gan/i.sso*.yo
有時間喝杯咖啡嗎？

바쁘면 못 만나요 .
ba.beu.myo*n/mot/man.na.yo
忙的話就不能見面。

조금 바빠요 .
jo.geum/ba.ba.yo
有點忙。

하나도 안 바빠요 .
ha.na.do/an/ba.ba.yo
一點也不忙。

바빠도 만나야죠 .
ba.ba.do/man.na.ya.jyo
再忙也要見面。

저는 바쁜 사람이에요 .
jo*.neun/ba.beun/sa.ra.mi.e.yo
我是大忙人。

好用句 9

부끄러울 때
bu.geu.ro*.ul/de*
害羞時

매우 부끄러워요 .
me*.u/bu.geu.ro*.wo.yo
真害羞。

부끄러워하지 마 .
bu.geu.ro*.wo.ha.ji/ma
別害羞。

수줍어 하지 마세요 !
su.ju.bo*/ha.ji/ma.se.yo
不要不好意思。

창피해요 .
chang.pi.he*.yo
好丟臉。

실수하면 대망신이야 .
sil.su.ha.myo*n/de*.mang.si.ni.ya
失誤的話就丟臉了。

남을 배려할 때
na.meul/be*.ryo*.hal/de*

關懷他人時

情境會話一

A : 남자친구가 헤어지자고 했어요 . 이제
어떡하죠 ?

nam.ja.chin.gu.ga/he.o*.ji.ja.go/he*.sso*.yo
//i.je/o*.do*.ka.jyo

B : 그런 남자는 그냥 잊어버려요 . 더 멋진
남자를 만날 거예요 .

geu.ro*n/nam.ja.neun/geu.nyang/i.jo*.bo*.
ryo*.yo//do*/mo*t.jjin/nam.ja.reul/man.
nal/go*.ye.yo

B : 속상해 하지 말고 나랑 같이 놀러 나가요 .

sok.ssang.he*/ha.ji/mal.go/na.rang/ga.chi/
nol.lo*/na.ga.yo

中譯一

A : 男朋友説要分手，怎麼辦？
B : 那種男人忘了他吧。你會遇到更棒的男人。
B : 不要難過了，跟我一起出去玩吧。

情境會話二

A : 어디 아파요 ? 안색이 안 좋아 보여요 .
o*.di/a.pa.yo//an.se*.gi/an/jo.a/bo.yo*.yo

B : 어제 한잠도 못 잤어요 .
o*.je/han.jam.do/mot/ja.sso*.yo

A : 걱정되는 일이 있었어요 ?
go*k.jjo*ng.dwe.neun/i.ri/i.sso*.sso*.yo

B : 어제 최종 면접을 봤는데 떨어질까봐
너무 걱정돼요 .
o*.je/chwe.jong/myo*n.jo*.beul/bwan.neun.
de/do*.ro*.jil.ga.bwa/no*.mu/go*k.jjo*ng.
dwe*.yo

A : 걱정하지 마요 . 자신을 갖아요 .
꼭 합격할거예요 .
go*k.jjo*ng.ha.ji/ma.yo//ja.si.neul/ga.ja.yo
//gok/hap.gyo*.kal.go*.ye.yo

中譯二

A : 你哪裡不舒服嗎 ? 臉色看來不太好。
B : 昨天我一夜沒闔眼。
A : 你有什麼煩心事嗎 ?
B : 昨天我參加了最終面試，我擔心會落選。
A : 別擔心，要有信心，你一定會合格的。

核心單字 1

격려하다
拼音：gyo*ng.nyo*.ha.da
詞性：動詞
中譯：鼓勵

基本變化

격려합니다 .
gyo*ng.nyo*.ham.ni.da
鼓勵。

격려해요 .
gyo*ng.nyo*.he*.yo
鼓勵。

격려했어요 .
gyo*ng.nyo*.he*.sso*.yo
鼓勵了。

격려하세요 .
gyo*ng.nyo*.ha.se.yo
請鼓勵。

격려해 주세요 .
gyo*ng.nyo*.he*/ju.se.yo
請鼓勵我。

核心單字 2

위로하다
拼音：wi.ro.ha.da
詞性：動詞
中譯：安慰

基本變化

위로합니다 .
wi.ro.ham.ni.da
安慰。

위로해요 .
wi.ro.he*.yo
安慰。

위로했어요 .
wi.ro.he*.sso*.yo
安慰了。

위로하지 마요 .
wi.ro.ha.ji/ma.yo
不要安慰。

위로해 주세요 .
wi.ro.he*/ju.se.yo
請安慰我。

核心單字 3

돌보다
拼音：dol.bo.da
詞性：動詞
中譯：照顧

基本變化

돌봅니다 .
dol.bom.ni.da
照顧。

돌봐요 .
dol.bwa.yo
照顧。

돌봤어요 .
dol.bwa.sso*.yo
照顧了。

돌보세요 .
dol.bo.se.yo
請照顧。

돌봅시다 .
dol.bop.ssi.da
照顧吧。

核心單字 4

배려하다
拼音：be*.ryo*.ha.da
詞性：動詞
中譯：關懷

基本變化

배려합니다 .
be*.ryo*.ham.ni.da
關懷。

배려해요 .
be*.ryo*.he*.yo
關懷。

배려했어요 .
be*.ryo*.he*.sso*.yo
關懷了。

배려하지 않아요 .
be*.ryo*.ha.ji/a.na.yo
不關懷。

배려해 주세요 .
be*.ryo*.he*/ju.se.yo
請關懷我。

核心單字 5

보살피다
拼音：bo.sal.pi.da
詞性：動詞
中譯：照料、關照

基本變化

보살핍니다 .
bo.sal.pim.ni.da
照料。

보살펴요 .
bo.sal.pyo*.yo
照料。

보살폈어요 .
bo.sal.pyo*.sso*.yo
照料了。

보살피세요 .
bo.sal.pi.sse.yo
請照料。

보살피지 못해요 .
bo.sal.pi.jji/mo.te*.yo
無法照料。

核心單字 6

응원하다
拼音：eung.won.ha.da
詞性：動詞
中譯：加油、應援

基本變化

응원합니다 .
eung.won.ham.ni.da
加油。

응원해요 .
eung.won.he*.yo
加油。

응원했어요 .
eung.won.he*.sso*.yo
加油了。

응원하지 않아요 .
eung.won.ha.ji/a.na.yo
不加油。

응원해 주세요 .
eung.won.he*/ju.se.yo
請幫我加油。

好用句 1

관심의 표현
gwan.si.mui/pyo.hyo*n

關心的表現

도대체 무슨 일이에요 ?
do.de*.che/mu.seun/i.ri.e.yo
到底怎麼回事 ?

다친 데 없어요 ?
da.chin/de/o*p.sso*.yo
沒受傷吧 ?

어디 아파요 ?
o*.di/a.pa.yo
你哪裡不舒服嗎 ?

도대체 어떻게 된 거예요 ?
do.de*.che/o*.do*.ke/dwen/go*.ye.yo
到底怎麼回事 ?

당신 뭔가 조금 수상해요 .
dang.sin/mwon.ga/jo.geum/su.sang.he*.yo
你有點不對勁。

무슨 일이 생겼어요 ?
mu.seun/i.ri/se*ng.gyo*.sso*.yo
發生什麼事嗎 ?

울지 말고 나한테 말해요 .
ul.ji/mal.go/na.han.te/mal.he*.yo
不要哭，跟我説説吧。

잘 지내고 있어요 ?
jal/jji.ne*.go/i.sso*.yo
你過得好嗎？

무슨 걱정이에요 ?
mu.seun/go*k.jjo*ng.i.e.yo
你在擔心什麼？

피곤해 보이네요 .
pi.gon.he*/bo.i.ne.yo
你看起來很累。

나에게 말해 주겠어요 ?
na.e.ge/mal.he*/ju.ge.sso*.yo
你要跟我説嗎？

좀 쉬어요 .
jom/swi.o*.yo
你休息一下吧。

괜찮아요 ? 병원에 가 봐요 .
gwe*n.cha.na.yo//byo*ng.wo.ne/ga/bwa.yo
你沒事嗎？去趟醫院吧。

오늘 잘 안 풀리는 일 있었나요 ?
o.neul/jjal/an/pul.li.neun/il/i.sso*n.na.yo
今天有什麼不順利的事情嗎 ?

심각합니까 ?
sim.ga.kam.ni.ga
很嚴重嗎 ?

어제 잘 잤어요 ?
o*.je/jal/jja.sso*.yo
昨天睡得好嗎 ?

무슨 고민이라도 있으십니까 ?
mu.seun/go.mi.ni.ra.do/i.sseu.sim.ni.ga
您有什麼煩惱嗎 ?

왜 울고 있어요 ? 제가 도울 일이 있어요 ?
we*/ul.go/i.sso*.yo//je.ga/do.ul/i.ri/i.sso*.
yo
為什麼再哭呢 ? 有我可以幫得上忙的地方嗎 ?

무슨 일 있었어요 ?
mu.seun/il/i.sso*.sso*.yo
發生什麼事情嗎 ?

왜 그래요 ?
we*/geu.re*.yo
怎麼了嗎 ?

連小學生都會的
國民韓語基礎句型

好用句 2

위로의 표현
wi.ro.ui/pyo.hyo*n
安慰的表現

기운을 내세요 .
gi.u.neul/ne*.se.yo
打起精神來。

넌 정말 소중해 .
no*n/jo*ng.mal/sso.jung.he*
你真的很寶貴。

낙담하지 마요 .
nak.dam.ha.ji/ma.yo
別灰心。

네 마음을 잘 알아 .
ni/ma.eu.meul/jjal/a.ra
我懂你的感受。

인생은 다 그런 거야 .
in.se*ng.eun/da/geu.ro*n/go*.ya
人生都是那樣的。

좀 더 힘내세요 .
jom/do*/him.ne*.se.yo
再加油吧！

그건 잊어 버려요.
geu.go*n/i.jo*/bo*.ryo*.yo
把那件事忘了吧。

모든 게 잘 될 거예요.
mo.deun/ge/jal/dwel/go*.ye.yo
一切都會好轉的。

어려울 때는 나한테 와요.
o*.ryo*.ul/de*.neun/na.han.te/wa.yo
你辛苦的時候，來找我吧。

없는 거보다는 낫잖아요.
o*m.neun/go*.bo.da.neun/nat.jja.na.yo
總比沒有還好吧。

그런 일로 속상해하지 마세요.
geu.ro*n/il.lo/sok.ssang.he*.ha.ji/ma.se.yo
不要為了那種事情難過。

꼭 당신 옆에서 잘 돌봐 줄게요.
gok/dang.sin/yo*.pe.so*/jal/dol.bwa/jul.ge.
yo
我一定會在你身旁好好照顧你。

그 문제는 아무것도 아니에요.
geu/mun.je.neun/a.mu.go*t.do/a.ni.e.yo
那不是什麼問題。

세상만사가 다 그런 거 아니겠어요 ?
se.sang.man.sa.ga/da/geu.ro*n/go*/a.ni.ge.
sso*.yo
世上的事不都是那樣嗎 ？

뭐 그런 것 가지고 삐져요 ?
mwo/geu.ro*n/go*t/ga.ji.go/bi.jo*.yo
幹嘛因為那種事生氣 ？

별 것 아니에요 . 심각하게 생각하지 마요 .
byo*l/go*t/a.ni.e.yo//sim.ga.ka.ge/se*ng.ga.
ka.ji/ma.yo
那沒什麼，不要想得太嚴重了。

마음 편하게 살아요 .
ma.eum/pyo*n.ha.ge/sa.ra.yo
平常心看待吧。

보기보다 어렵지 않아요 .
bo.gi.bo.da/o*.ryo*p.jji/a.na.yo
做起來不難的。

괜찮아요 . 웃어 봐요 .
gwe*n.cha.na.yo//u.so*/bwa.yo
沒事的，笑一笑吧。

힘든 시간이시겠어요 .
him.deun/si.ga.ni.si.ge.sso*.yo
你一定很難過吧 ！

두려워 할 것 없어요.

du.ryo*.wo/hal/go*t/o*p.sso*.yo

沒什麼好怕的。

일들이 잘 풀릴 거야.

il.deu.ri/jal/pul.lil/go*.ya

事情都會解決的。

눈물을 닦아. 안 좋은 일은 다 잊어버려!

nun.mu.reul/da.ga//an/jo.eun/i.reun/da/i.
jo*.bo*.ryo*

擦掉眼淚吧！把不好的事情全部忘掉。

마음 푸세요.

ma.eum/pu.se.yo

別放在心上。

긍정적으로 생각해요.

geung.jo*ng.jo*.geu.ro/se*ng.ga.ke*.yo

往好的方面想吧。

누군가가 필요하시면 제게 기대하세요.

nu.gun.ga.ga/pi.ryo.ha.si.myo*n/je.ge/gi.de*
.ha.se.yo

如果你需要人倚靠，就依靠我吧！

好用句 3

격려할 때
gyo*ng.nyo*.hal/de*
鼓勵時

화이팅!
hwa.i.ting
加油!

절대 포기하지 마요.
jo*l.de*/po.gi.ha.ji/ma.yo
千萬不要放棄。

지켜 줄게요.
ji.kyo*/jul.ge.yo
我會守護你。

서로 격려하세요.
so*.ro/gyo*ng.nyo*.ha.se.yo
互相鼓勵吧。

잘 할 수 있어요.
jal/hal/ssu/i.sso*.yo
你可以辦到的。

최선을 다 해 봐요.
chwe.so*.neul/da/he*/bwa.yo
盡力試試看吧。

잘하고 있으니까 계속해요 .
jal.ha.go/i.sseu.ni.ga/gye.so.ke*.yo
你做得很好，繼續努力。

행운을 빌어요 .
he*ng.u.neul/bi.ro*.yo
祝你好運。

힘내 ! 잘 될 거야 !
him.ne*//jal/dwel/go*.ya
加油，一定會順利的！

친구가 힘들어 한다면 우리 모두 격려해
줘요 !
chin.gu.ga/him.deu.ro*/han.da.myo*n/u.ri/
mo.du/gyo*ng.nyo*.he*/jwo.yo
如果朋友感到辛苦，我們一起鼓勵他吧。

너를 이길 자가 없을 거야 .
no*.reul/i.gil/ja.ga/o*p.sseul/go*.ya
沒有人可以贏過你的。

너를 대신할 사람은 아무도 없어 .
no*.reul/de*.sin.hal/ssa.ra.meun/a.mu.do/
o*p.sso*
沒有人可以取代你。

너보다 잘하는 사람은 없어.
no*.bo.da/jal.ha.neun/sa.ra.meun/o*p.sso*
沒有比你做得更棒的人。

자신감을 갖아요.
ja.sin.ga.meul/ga.ja.yo
要有信心。

다시 한 번 해 봐요.
da.si/han/bo*n/he*/bwa.yo
再試試看吧。

응원할게요.
eung.won.hal.ge.yo
我會為你加油的。

용기를 내세요.
yong.gi.reul/ne*.se.yo
拿出勇氣吧！

극복할 수 없는 일 없어요.
geuk.bo.kal/ssu/o*m.neun/il/o*p.sso*.yo
沒有事情不能克服的。

더 좋은 기회가 올 거예요.
do*/jo.eun/gi.hwe.ga/ol/go*.ye.yo
還會有更好的機會的。

너라면 잘 할 거야 .
no*.ra.myo*n/jal/hal/go*.ya
你的話一定會做得很好。

너무 걱정하지 마요 . 당신이라면 분명히 잘
할 수 있어요 .
no*.mu/go*k.jjo*ng.ha.ji/ma.yo//dang.si.ni.
ra.myo*n/bun.myo*ng.hi/jal/hal/ssu/i.sso*.
yo
別擔心，你的話一定可以辦到的。

그것은 문제도 안 돼요 .
geu.go*.seun/mun.je.do/an/dwe*.yo
那不會是問題的。

걱정할 것 없어요 .
go*k.jjo*ng.hal/go*t/o*p.sso*.yo
你不需要擔心。

염려 마세요 .
yo*m.nyo*/ma.se.yo
別擔心。

일단 요령만 익히면 어렵지 않아요 .
il.dan/yo.ryo*ng.man/i.ki.myo*n/o*.ryo*p.jji
/a.na.yo
只要先熟悉要領，就不難。

好用句 4

칭찬할 때
ching.chan.hal/de*
稱讚時

잘 했어요 .
jal/he*.sso*.yo
你做得很棒！

네가 최고야 .
ne.ga/chwe.go.ya
你最棒！

넌 멋져 .
no*n/mo*t.jjo*
你太厲害了！

너 이거 잘 하는구나 .
no*/i.go*/jal/ha.neun.gu.na
原來你很擅長做這個啊！

네가 해 낼 줄 알았어 .
ne.ga/he*/ne*l/jul/a.ra.sso*
我就知道你一定辦的到。

난 네가 자랑스럽다 .
nan/ne.ga/ja.rang.seu.ro*p.da
我以你為傲。

참 젊어 보이시네요 .
cham/jo*l.mo*/bo.i.si.ne.yo
您看來真年輕。

따님이 참 귀엽네요 .
da.ni.mi/cham/gwi.yo*m.ne.yo
您女兒真可愛。

참 훌륭해요 .
cham/hul.lyung.he*.yo
真優秀。

예뻐요 .
ye.bo*.yo
漂亮。

아주 멋있습니다 .
a.ju/mo*.sit.sseum.ni.da
你很帥。

많이 예뻐졌네요 .
ma.ni/ye.bo*.jo*n.ne.yo
你變漂亮了。

정말 대단하군요 .
jo*ng.mal/de*.dan.ha.gu.nyo
真了不起！

누구를 닮아서 그렇게 예뻐요 ?
nu.gu.reul/dal.ma.so*/geu.ro*.ke/ye.bo*.yo
你是長得像誰，那麼漂亮？

우와 , 똑똑하네요 .
u.wa//dok.do.ka.ne.yo
哇，真聰明！

예의가 바르시군요 .
ye.ui.ga/ba.reu.si.gu.nyo
您真有禮貌。

정말 신사시네요 .
jo*ng.mal/ssin.sa.si.ne.yo
您真紳士！

그거 참 잘 어울립니다 .
geu.go*/cham/jal/o*.ul.lim.ni.da
那跟你很配。

머리 좋다 !
mo*.ri/jo.ta
你頭腦真好！

인기가 많네요 .
in.gi.ga/man.ne.yo
你很有人緣呢！

센스 있으시네요 .
sen.seu/i.sseu.si.ne.yo
您真有品味。

한국어 정말 잘하시네요 .
han.gu.go*/jo*ng.mal/jjal.ha.ssi.ne.yo
您韓文講得真好。

친절하시네요 .
chin.jo*l.ha.si.ne.yo
您真親切。

패션에 대한 안목이 있으시네요 .
pe*.syo*.ne/de*.han/an.mo.gi/i.sseu.si.ne.yo
您對流行時尚很有眼光呢！

과찬이십니다 .
gwa.cha.ni.sim.ni.da
您過獎了。

엄마 , 칭찬해 주세요 .
o*m.ma//ching.chan.he*/ju.se.yo
媽，稱讚我吧！

오빠 진짜 잘 생겼네요 .
o.ba/jin.jja/jal/sse*ng.gyo*n.ne.yo
哥你長得真帥！

好用句5

진정시킬 때
jin.jo*ng.si.kil/de*
使人冷靜時

진정하세요 .
jin.jo*ng.ha.se.yo
請你冷靜！

침착하세요 .
chim.cha.ka.se.yo
冷靜一下！

흥분하지 마요 .
heung.bun.ha.ji/ma.yo
你不要激動。

이제 됐어요 .
i.je/dwe*.sso*.yo
現在沒事了。

냉정하게 말해 주세요 .
ne*ng.jo*ng.ha.ge/mal.he*/ju.se.yo
請你冷靜地說。

好用句 6

동의할 때
dong.ui.hal/de*
同意時

찬성해요 .
chan.so*ng.he*.yo
我贊成。

동의합니다 .
dong.ui.ham.ni.da
我同意。

문제 없어요 .
mun.je/o*p.sso*.yo
沒有問題。

거기에는 동감이에요 .
go*.gi.e.neun/dong.ga.mi.e.yo
對此我有同感。

좋은 생각이에요 .
jo.eun/se*ng.ga.gi.e.yo
不錯的想法。

바로 그렇습니다 .
ba.ro/geu.ro*.sseum.ni.da
正是如此。

連小學生都會的
國民韓語基礎句型

반대하지 않아요 .
ban.de*.ha.ji/a.na.yo
我不反對。

나도 그렇게 생각해요 .
na.do/geu.ro*.ke/se*ng.ga.ke*.yo
我也那麼認為。

완전히 동의해요 .
wan.jo*n.hi/dong.ui.he*.yo
我超同意。

나는 언제나 네 편이야 .
na.neun/o*n.je.na/ne/pyo*.ni.ya
我永遠都站在你那邊。

내가 생각하고 있던 게 그거예요 .
ne*.ga/se*ng.ga.ka.go/it.do*n/ge/geu.go*.ye.
yo
我之前想的就是那樣。

그게 바로 제 생각입니다 .
geu.ge/ba.ro/je/se*ng.ga.gim.ni.da
那正是我的想法。

그럼 , 우리 합의된 겁니다 .
geu.ro*m/u.ri/ha.bui.dwen/go*m.ni.da
那我們就達成協議了。

지지합니다 .
ji.ji.ham.ni.da
我支持。

그야 당연하죠 .
geu.ya/dang.yo*n.ha.jyo
那是當然的。

네 말이 맞아 .
ne/ma.ri/ma.ja
你説得沒錯。

정말 옳은 말씀입니다 .
jo*ng.mal/o.reun/mal.sseu.mim.ni.da
您説得沒錯。

그 문제는 해결됐습니다 .
geu/mun.je.neun/he*.gyo*l.dwe*t.sseum.ni.
da
那問題就解決了。

재미있겠군요 .
je*.mi.it.get.gu.nyo
很有意思。

우리 서로는 같은 생각인 것 같군요 .
u.ri/so*.ro.neun/ga.teun/se*ng.ga.gin/go*t/
gat.gu.nyo
我們彼此抱有相同的想法呢！

기타 감정 표현
gi.ta/gam.jo*ng/pyo.hyo*n

其他感情表現

情境會話一

A : 오빠 주말에 부산에 놀러 갈 거지? 나도 같이 가면 안 돼?

o.ba/ju.ma.re/bu.sa.ne/nol.lo*/gal/go*.ji//
na.do/ga.chi/ga.myo*n/an/dwe*

B : 그래. 같이 놀러 가자.

geu.re*//ga.chi/nol.lo*/ga.ja

A : 진짜? 고마워.

jin.jja//go.ma.wo

中譯一

A : 哥，你週末要去釜山玩吧？我也可以一起去嗎？
B : 好，一起去玩吧！
A : 真的嗎？謝謝。

情境會話二

A : 미연아 , 나 다음 달에 결혼해 .
mi.yo*.na//na.da.eum/da.re/gyo*l.hon.he*

B : 뭐 ? 진짜 ? 신부는 누구야 ?
mwo//jin.jja//sin.bu.neun//nu.gu.ya

A : 같은 회사 동료야 .
ga.teun/hwe.sa/dong.nyo.ya

B : 와 , 결혼 축하해 .
wa//gyo*l.hon/chu.ka.he*

A : 내 결혼식에 올 거지 ?
ne*/gyo*l.hon.si.ge/ol/go*.ji

B : 당연히 가야지 . 결혼식은 언제야 ?
dang.yo*n.hi/ga.ya.ji//gyo*l.hon.si.geun/o*n
.je.ya

中譯二

A : 美妍，我下個月要結婚了。
B : 什麼？真的嗎？新娘是誰啊？
A : 是我公司的同事。
B : 哇！恭喜你結婚。
A : 你會來我的結婚典禮吧？
B : 當然會去囉！結婚典禮是什麼時候呢？

核心單字 1

좋아하다
拼音：jo.a.ha.da
詞性：動詞
中譯：喜歡

基本變化

좋아합니다 .
jo.a.ham.ni.da
喜歡。

좋아해요 .
jo.a.he*.yo
喜歡。

좋아했어요 .
jo.a.he*.sso*.yo
（以前）喜歡。

좋아하지 않아요 .
jo.a.ha.ji/a.na.yo
不喜歡。

좋아하지 마세요 .
jo.a.ha.ji/ma.se.yo
別喜歡。

核心單字 2

싫어하다
拼音：si.ro*.ha.da
詞性：動詞
中譯：討厭、厭惡

基本變化

싫어합니다 .
si.ro*.ham.ni.da
討厭。

싫어해요 .
si.ro*.he*.yo
討厭。

싫어했어요 .
si.ro*.he*.sso*.yo
（以前）討厭。

싫어하지 않아요 .
si.ro*.ha.ji/a.na.yo
不討厭。

싫어하지 맙시다 .
si.ro*.ha.ji/map.ssi.da
我們不要討厭吧。

核心單字 3

고맙다
拼音：go.map.da
詞性：形容詞
中譯：感謝

基本變化

고맙습니다 .
go.map.sseum.ni.da
感謝。

고마워요 .
go.ma.wo.yo
感謝。

고마웠어요 .
go.ma.wo.sso*.yo
（以前）感謝。

고맙지 않아요 .
go.map.jji/a.na.yo
不感謝。

고마운 사람 .
go.ma.un/sa.ram
感謝的人。

核心單字 4

감사하다
拼音：gam.sa.ha.da
詞性：動詞
中譯：感謝、感激

基本變化

감사합니다 .
gam.sa.ham.ni.da
感謝。

감사해요 .
gam.sa.he*.yo
感謝。

감사했어요 .
gam.sa.he*.sso*.yo
（以前）感謝。

감사합시다 .
gam.sa.hap.ssi.da
我們心存感謝吧。

감사하는 마음 .
gam.sa.ha.neun/ma.eum
感激的心。

核心單字 5

미안하다
拼音：mi.an.ha.da
詞性：形容詞
中譯：對不起、抱歉

基本變化

미안합니다 .
mi.an.ham.ni.da
對不起。

미안해요 .
mi.an.he*.yo
對不起。

미안했어요 .
mi.an.he*.sso*.yo
（以前）抱歉。

미안하지 않아요 .
mi.an.ha.ji/a.na.yo
不感到抱歉。

미안한 표정 .
mi.an.han/pyo.jo*ng
抱歉的表情。

核心單字 6

죄송하다
拼音：jwe.song.ha.da
詞性：形容詞
中譯：慚愧、對不起

基本變化

죄송합니다 .
jwe.song.ham.ni.da
對不起。

죄송해요 .
jwe.song.he*.yo
對不起。

죄송했어요 .
jwe.song.he*.sso*.yo
（以前）對不起。

죄송하지만
jwe.song.ha.ji.man
雖然感到慚愧

죄송한 얼굴 .
jwe.song.han/o*l.gul
慚愧的臉。

好用句 1

놀랐을 때
nol.la.sseul/de*
驚訝時

세상에!
se.sang.e
天哪！

뭐라고?
mwo.ra.go
什麼？

믿을 수 없어요.
mi.deul/ssu/o*p.sso*.yo
不敢相信。

말도 안 돼.
mal.do/an/dwe*
不可能吧！

놀랐잖아요.
nol.lat.jja.na.yo
嚇到我了！

무서워 죽는 줄 알았어.
mu.so*.wo/jung.neun/jul/a.ra.sso*
嚇死我了！

정말 놀랍네요 .
jo*ng.mal/nol.lam.ne.yo
好驚人喔！

그게 사실이에요 ?
geu.ge/sa.si.ri.e.yo
那是真的嗎？

어머나 !
o*.mo*.na
哎呀！

난 정말 놀랐어요 .
nan/jo*ng.mal/nol.la.sso*.yo
我真的好驚訝！

이거 정말 놀랍구나 .
i.go*/jo*ng.mal/nol.lap.gu.na
這真讓人驚訝！

세상에 이럴 수가 !
se.sang.e/i.ro*l/su.ga
天哪，怎麼會！

好用句 2

재촉할 때
je*.cho.kal/de*
催促時

얼른 가요 .
o*l.leun/ga.yo
趕快去吧。

빨리 해 .
bal.li/he*
趕快做！

서둘러 처리해 주세요 .
so*.dul.lo*/cho*.ri.he*/ju.se.yo
請趕快處理。

지금 급합니다 .
ji.geum/geu.pam.ni.da
現在很緊急。

시간이 없습니다 .
si.ga.ni/o*p.sseum.ni.da
沒有時間。

가능한 한 빨리 하세요 .
ga.neung.han/han/bal.li/ha.se.yo
請您盡快做。

好用句 3

축하할 때
chu.ka.hal/de*
祝賀時

축하해요 .
chu.ka.he*.yo
恭喜你。

성공을 빌어요 .
so*ng.gong.eul/bi.ro*.yo
祝你成功。

졸업을 축하합니다 .
jo.ro*.beul/chu.ka.ham.ni.da
恭喜你畢業。

결혼을 축하합니다 .
gyo*l.ho.neul/chu.ka.ham.ni.da
恭喜你結婚。

성공을 축하합니다 .
so*ng.gong.eul/chu.ka.ham.ni.da
恭喜你成功。

승진을 축하합니다 .
seung.ji.neul/chu.ka.ham.ni.da
恭喜你升官。

출산을 축하합니다 .
chul.sa.neul/chu.ka.ham.ni.da
恭喜你生孩子。

생일을 축하합니다 .
se*ng.i.reul/chu.ka.ham.ni.da
生日快樂。

당선을 축하합니다 .
dang.so*.neul/chu.ka.ham.ni.da
恭喜你當選。

생신을 축하드립니다 .
se*ng.si.nireul/chu.ka.deu.rim.ni.da
祝您生日快樂。

대학원에 합격한 것을 축하합니다 .
de*.ha.gwo.ne/hap.gyo*.kan/go*.seul/chu.
ka.ham.ni.da
恭喜你考上研究所。

우리 파티 하자 .
u.ri/pa.ti/ha.ja
我們開 Party 吧。

진심으로 축하드립니다 .
jin.si.meu.ro/chu.ka.deu.rim.ni.da
真心祝福您。

즐거운 명절 되세요 .
jeul.go*.un/myo*ng.jo*l/dwe.se.yo
祝你節日快樂。

즐거운 크리스마스 되세요 .
jeul.go*.un/keu.ri.seu.ma.seu/dwe.se.yo
祝你聖誕節快樂。

새해 복 많이 받으세요 .
se*.he*/bok/ma.ni/ba.deu.se.yo
新年快樂。

멋지고 행복한 한 해가 되기를 바랄게요 .
mo*t.jji.go/he*ng.bo.kan/han/he*.ga/dwe.gi.
reul/ba.ral.ge.yo
祝你有個又棒又幸福的一年。

새해에는 희망과 행복이 가득하시기를
기원합니다 .
se*.he*.e.neun/hi.mang.gwa/he*ng.bo.gi/ga.
deu.ka.si.gi.reul/gi.won.ham.ni.da
祝你有個充滿希望又幸福的新年。

행복하길 바랍니다 .
he*ng.bo.ka.gil/ba.ram.ni.da
祝你幸福。

好用句 4

감탄할 때
gam.tan.hal/de*
感嘆時

정말 대단하네요 .
jo*ng.mal/de*.dan.ha.ne.yo
真的很了不起呢！

멋지다 !
mo*t.jji.da
很棒喔！

완벽해 !
wan.byo*.ke*
太完美了！

인상적인데 !
in.sang.jo*.gin.de
很令人印象深刻！

근사한데 !
geun.sa.han.de
不賴喔！

참 훌룽해 !
cham/hul.lyung.he*
真優秀！

好用句 5

바램을 말할 때
ba.re*.meul/mal.hal/de*
表達期望時

다시 그녀를 만나고 싶어요 .
da.si/geu.nyo*.reul/man.na.go/si.po*.yo
想再見她。

돈 많이 벌고 싶어요 .
don/ma.ni/bo*l.go/si.po*.yo
我想賺很多錢。

여자친구를 사귀고 싶어요 .
yo*.ja.chin.gu.reul/ssa.gwi.go/si.po*.yo
我想交女朋友。

한 번 연애해 보고 싶어요 .
han/bo*n/yo*.ne*.he*/bo.go/si.po*.yo
我想談一場戀愛。

나도 복권에 당첨됐으면 좋겠다 .
na.do/bok.gwo.ne/dang.cho*m.dwe*.sseu.
myo*n/jo.ket.da
希望我也可以彩券中獎。

그럴 길 바래요 .
geu.ro*l/gil/ba.re*.yo
希望如此。

우리의 우정이 영원하길 바래요 .
u.ri.ui/u.jo*ng.i/yo*ng.won.ha.gil/ba.re*.yo
希望我們的友情長存。

일들이 잘 되길 바랍니다 .
il.deu.ri/jal/dwe.gil/ba.ram.ni.da
希望事情順利。

모든 게 좋아지기를 바래요 .
mo.deun/ge/jo.a.ji.gi.reul/ba.re*.yo
希望一切事情可以好轉。

시간이 빨리 지났으면 좋겠어요 .
si.ga.ni/bal.li/ji.na.sseu.myo*n/jo.ke.sso*.yo
希望時間可以過得快一點。

시간이 빨리 안 갔으면 좋겠어요 .
si.ga.ni/bal.li/an/ga.sseu.myo*n/jo.ke.sso*.
yo
希望時間可以不要過得太快。

기적이 일어났으면 좋겠습니다 .
gi.jo*.gi/i.ro*.na.sseu.myo*n/jo.ket.sseum.
ni.da
希望奇蹟可以發生。

好用句 6

농담할 때
nong.dam.hal/de*
開玩笑時

지금 농담하십니까 ?
ji.geum/nong.dam.ha.sim.ni.ga
您現在是開玩笑嗎 ?

지금 나 놀리는 거예요 ?
ji.geum/na/nol.li.neun/go*.ye.yo
你是在跟我開玩笑嗎 ?

농담이 아니에요 .
nong.da.mi/a.ni.e.yo
不是開玩笑。

농담 아니야 . 정말이야 .
nong.dam/a.ni.ya/jo*ng.ma.ri.ya
不是開玩笑，是真的。

농담하지 마세요 .
nong.dam.ha.ji/ma.se.yo
請別開玩笑。

정말 , 농담이겠지 ?
jo*ng.mal//nong.da.mi.get.jji
真的是開玩笑吧 ?

정말이야 ?
jo*ng.ma.ri.ya
真的嗎 ?

진짜요 ?
jin.jja.yo
真的嗎 ?

그럴 리가 없어요 .
geu.ro*l/ri.ga/o*p.sso*.yo
不可能的。

농담 그만해요 .
nong.dam/geu.man.he*.yo
別開玩笑了！

농담이 너무 지나치군요 .
nong.da.mi/no*.mu/ji.na.chi.gu.nyo
玩笑開得太過份了。

그냥 농담이에요 .
geu.nyang/nong.da.mi.e.yo
我只是開玩笑。

재미있군요 .
je*.mi.it.gu.nyo
很有意思。

그건 좀 너무했네요 .
geu.go*n/jom/no*.mu.he*n.ne.yo
那有點過份。

나 지금 농담할 기분 아니거든 .
na/ji.geum/nong.dam.hal/gi.bun/a.ni.go*.
deun
我現在沒有心情開玩笑。

장난해요 ?
jang.nan.he*.yo
你在鬧我嗎？

농담이에요 . 많이 놀라셨죠 ?
nong.da.mi.e.yo//ma.ni/nol.la.syo*t.jjyo
開玩笑的啦！您被嚇到了吧？

절대 그런 농담은 하지 마세요 .
jo*l.de*/geu.ro*n/nong.da.meun/ha.ji/ma.se
.yo
絕對別開這種玩笑。

너는 그런 농담하지 마 .
no*.neun/geu.ro*n/nong.dam.ha.ji/ma
你別開這種玩笑。

그것은 농담일 뿐이에요 .
geu.go*.seun/nong.da.mil/bu.ni.e.yo
那只是開玩笑而已。

好用句 7

감사의 표현
gam.sa.ui/pyo.hyo*n
感謝的表現

감사합니다 .
gam.sa.ham.ni.da
謝謝。

감사 드립니다 .
gam.sa/deu.rim.ni.da
感謝您。

고맙습니다 .
go.map.sseum.ni.da
謝謝。

고마워 .
go.ma.wo
謝謝。

천만에요 .
cho*n.ma.ne.yo
不客氣。

별 말씀을요 .
byo*l/mal.sseu.meu.ryo
不客氣。

고맙기는요 .
go.map.gi.neu.nyo
不用謝。

아니에요 .
a.ni.e.yo
不會啦！

마땅히 해야 할 일인데요 .
ma.dang.hi/he*.ya/hal/i.rin.de.yo
這是我應該要做的事。

내가 오히려 고맙지 .
ne*.ga/o.hi.ryo*/go.map.jji
我才應該要謝謝你。

칭찬해 줘서 고마워요 .
ching.chan.he*/jwo.so*/go.ma.wo.yo
謝謝你的誇獎。

도와 주셔서 감사합니다 .
do.wa/ju.syo*.so*/gam.sa.ham.ni.da
謝謝您的幫助。

너무 고마워요 .
no*.mu/go.ma.wo.yo
很感謝你。

항상 잘해 줘서 고마워 .

hang.sang/jal.he*/jwo.so*/go.ma.wo

謝謝你總是很照顧我。

그동안 정말 고마웠어요 .

geu.dong.an/jo*ng.mal/go.ma.wo.sso*.yo

那段時間真的謝謝你。

알려 주셔서 감사해요 .

al.lyo*/ju.syo*.so*/gam.sa.he*.yo

謝謝你告訴我。

이 은혜를 어떻게 갚을지 모르겠어요 .

i/eun.hye.reul/o*.do*.ke/ga.peul.jji/mo.reu.
ge.sso*.yo

這個恩惠我不知道該如何報答。

애써 주셔서 감사합니다 .

e*.sso*/ju.syo*.so*/gam.sa.ham.ni.da

謝謝您為我費心了。

고맙다는 말씀을 전하고 싶습니다 .

go.map.da.neun/mal.sseu.meul/jjo*n.ha.go/
sip.sseum.ni.da

我很想向您說聲謝謝。

전혀 그 친구한테 고맙지 않아요 .

jo*n.hyo*/geu/chin.gu.han.te/go.map.jji.a.
na.yo

我一點也不感謝那位朋友。

정말 큰 도움이 됐어요 .
jo*ng.mal/keun/do.u.mi/dwe*.sso*.yo
真的幫了大忙。

초대해 줘서 고맙습니다 .
cho.de*.he*/jwo.so*/go.map.sseum.ni.da
謝謝你的邀請。

나의 부모님에게 매우 감사한다 .
na.ui/bu.mo.ni.me.ge/me*.u/gam.sa.han.da
我很感謝我的父母。

우리 선생님께 감사해요 .
u.ri/so*n.se*ng.nim.ge/gam.sa.he*.yo
我很感激我的老師。

수고하셨어요 .
su.go.ha.syo*.sso*.yo
您辛苦了。

별것 아니에요 .
byo*l.go*t/a.ni.e.yo
那沒什麼。

好用句 8

사과의 표현
sa.gwa.ui/pyo.hyo*n
道歉的表現

정말 죄송합니다 .
jo*ng.mal/jjwe.song.ham.ni.da
真的很抱歉。

미안합니다 .
mi.an.ham.ni.da
對不起。

미안해 .
mi.an.he*
對不起。

용서해 주세요 .
yong.so*.he*/ju.se.yo
請原諒我。

괜찮아요 .
gwe*n.cha.na.yo
沒關係。

저한테 사과할 필요 없어요 .
jo*.han.te/sa.gwa.hal/pi.ryo/o*p.sso*.yo
你不需要跟我道歉。

아내한테 미안하지 않아요 ?
a.ne*.han.te/mi.an.ha.ji/a.na.yo
你不會對妻子感到抱歉嗎 ?

선생님께 죄송해요 .
so*n.se*ng.nim.ge/jwe.song.he*.yo
對老師感到很抱歉。

여자친구한테 미안해요 .
yo*.ja.chin.gu.han.te/mi.an.he*.yo
對女朋友感到很抱歉。

제 실수입니다 .
je/sil.su.im.ni.da
是我的錯。

잘못은 나에게 있어요 .
jal.mo.seun/na.e.ge/i.sso*.yo
錯在我。

제 사과를 받아 주세요 .
je/sa.gwa.reul/ba.da/ju.se.yo
請接受我的道歉。

미안해요 . 많이 기다렸어요 ?
mi.an.he*.yo//ma.ni/gi.da.ryo*.sso*.yo
對不起，你等很久了吧 ?

폐를 끼쳐서 죄송해요 .
pye.reul/gi.cho*.so*/jwe.song.he*.yo
很抱歉給你添麻煩了。

늦게 와서 미안합니다 .
neut.ge/wa.so*/mi.an.ham.ni.da
抱歉我來晚了。

부디 양해해 주세요 .
bu.di/yang.he*.he*/ju.se.yo
請您原諒。

내가 잘못했어요 .
ne*.ga/jal.mo.te*.sso*.yo
我做錯了。

실례합니다 .
sil.lye.ham.ni.da
不好意思。

마음에 둘 필요 없어요 .
ma.eu.me/dul/pi.ryo/o*p.sso*.yo
你不需要放在心上。

기회를 한 번 더 줘요 .
gi.hwe.reul/han/bo*n/do*/jwo.yo
請再給我一次機會。

好用句 9

좋아하는 것
jo.a.ha.neun/go*t
喜歡的東西

뭐 좋아해요?
mwo/jo.a.he*.yo
你喜歡什麼?

고기를 좋아해요.
go.gi.reul/jjo.a.he*.yo
我喜歡吃肉。

과일 뭐 좋아하세요?
gwa.il/mwo/jo.a.ha.se.yo
你喜歡什麼水果?

딸기를 좋아해요.
dal.gi.reul/jjo.a.he*.yo
我喜歡草莓。

저는 탐정책을 좋아해요.
jo*.neun/tam.jo*ng.che*.geul/jjo.a.he*.yo
我喜歡偵探書。

어머니가 좋아요.
o*.mo*.ni.ga/jo.a.yo
我喜歡媽媽。

한국 노래를 좋아합니까 ?
han.guk/no.re*.reul/jjo.a.ham.ni.ga
你喜歡韓文歌嗎 ?

네 , 아주 좋아합니다 .
ne//a.ju/jo.a.ham.ni.da
很喜歡。

어떤 음악을 좋아하세요 ?
o*.do*n/eu.ma.geul/jjo.a.ha.se.yo
你喜歡哪種音樂呢 ?

누구를 가장 좋아해요 ?
nu.gu.reul/ga.jang/jo.a.he*.yo
你最喜歡誰 ?

아버지를 가장 좋아해요 .
a.bo*.ji.reul/ga.jang/jo.a.he*.yo
我最喜歡爸爸。

이런 날씨가 좋아요 .
i.ro*n/nal.ssi.ga/jo.a.yo
我喜歡這種天氣。

별로 안 좋아해요 .
byo*l.lo/an/jo.a.he*.yo
我不怎麼喜歡。

好用句 10

싫어하는 것
si.ro*.ha.neun/go*t
討厭的東西

야채가 싫어요 .
ya.che*.ga/si.ro*.yo
我討厭吃蔬菜。

저는 수학을 안 좋아해요 .
jo*.neun/su.ha.geul/an/jo.a.he*.yo
我不喜歡數學。

누구를 제일 싫어해요 ?
nu.gu.reul/jje.il/si.ro*.he*.yo
你最討厭誰呢？

나는 특별히 싫어하는 것은 없어요 .
na.neun/teuk.byo*l.hi/si.ro*.ha.neun/go*.
seun/o*p.sso*.yo
我沒有特別討厭的東西。

내가 싫어하는 것은 벌레예요 .
ne*.ga/si.ro*.ha.neun/go*.seun/bo*l.le.ye.yo
我討厭的東西是蟲子。

뭐 하는 걸 싫어하세요 ?
mwo/ha.neun/go*l/si.ro*.ha.se.yo
您討厭做什麼事 ?

빨래하는 걸 싫어해요 .
bal.le*.ha.neun/go*l/si.ro*.he*.yo
我討厭洗衣服。

청소하는 걸 싫어해요 .
cho*ng.so.ha.neun/go*l/si.ro*.he*.yo
我討厭打掃。

왜 그렇게 싫어하세요 ?
we*/geu.ro*.ke/si.ro*.ha.se.yo
為什麼那麼討厭呢 ?

나를 싫어하지 마요 .
na.reul/ssi.ro*.ha.ji/ma.yo
不要討厭我。

어떤 사람을 싫어하세요 ?
o*.do*n/sa.ra.meul/ssi.ro*.ha.se.yo
你討厭哪種人呢 ?

잘난 척하는 사람을 싫어해요 .
jal.lan/cho*.ka.neun/sa.ra.meul/ssi.ro*.he*.
yo
我討厭自以為是的人。

連小學生都會的 國民韓語基礎句型
| 초딩도 할 수 있는 기초 한국어 |

意思
疏通篇

의사 소통

물어볼 때
mu.ro*.bol/de*
詢問時

情境會話一

A : 어제 누구랑 스키장에 갔어요 ?
o*.je/nu.gu.rang/seu.ki.jang.e/ga.sso*.yo

B : 친구랑 같이 갔어요 .
chin.gu.rang/ga.chi/ga.sso*.yo

A : 혹시 남자 아니에요 ?
hok.ssi/nam.ja/a.ni.e.yo

中譯一

A : 你昨天跟誰去滑雪場 ?
B : 跟朋友去的。
A : 該不會是男生吧 ?

連小學生都會的
國民韓語基礎句型

情境會話二

A : 전화번호 좀 물어봐도 되나요 ?
jo*n.hwa.bo*n.ho/jom/mu.ro*.bwa.do/dwe.
na.yo

B : 네 , 이건 제 명함입니다 . 연락처는
여기에 적혀 있어요 .
ne//i.go*n/je/myo*ng.ha.mim.ni.da//yo*l.
lak.cho*.neun/yo*.gi.e/jo*.kyo*/i.sso*.yo

A : 고맙습니다 . 다시 연락 드릴게요 .
go.map.sseum.ni.da//da.si/yo*l.lak/deu.ril.
ge.yo

中譯二

A : 可以問你的電話號碼嗎 ?
B : 好的 , 這是我的名片 , 連絡方式都寫在這
裡。
A : 謝謝 , 我再連絡你。

情境會話三

A : 나이가 어떻게 돼요 ?
na.i.ga/o*.do*.ke/dwe*.yo

B : 나는 서른한 살이에요 .
na.neun/so*.reun.han/sa.ri.e.yo

A : 오빠군요 . 저는 스물 여덟 살이에요 .
o.ba.gu.nyo//jo*.neun/seu.mul/yo*.do*l/sa.
ri.e.yo

中譯四

A : 你年紀多大 ?
B : 我三十一歲
A : 是哥哥呢！我二十八歲。

核心單字 1

묻다
拼音：mut.da
詞性：動詞
中譯：問、詢問

基本變化

묻습니다 .
mut.sseum.ni.da
問。

물어요 .
mu.ro*.yo
問。

물었어요 .
mu.ro*.sso*.yo
問了。

묻지 마세요 .
mut.jji/ma.se.yo
請不要問。

물읍시다 .
mu.reup.ssi.da
我們問吧。

核心單字 2

질문하다
拼音：jil.mun.ha.da
詞性：動詞
中譯：發問、提問

基本變化

질문합니다 .
jil.mun.ham.ni.da
發問。

질문해요 .
jil.mun.he*.yo
發問。

질문했어요 .
jil.mun.he*.sso*.yo
發問了。

질문하지 않아요 .
jil.mun.ha.ji/a.na.yo
不發問。

질문하지 말아요 .
jil.mun.ha.ji/ma.ra.yo
不要發問。

核心單字 3

대답하다
拼音：de*.da.pa.da
詞性：動詞
中譯：回答

基本變化

대답합니다 .
de*.da.pam.ni.da
回答。

대답해요 .
de*.da.pe*.yo
回答。

대답했어요 .
de*.da.pe*.sso*.yo
回答了。

대답하지 않아요 .
de*.da.pa.ji/a.na.yo
不回答。

대답하세요 .
de*.da.pa.se.yo
請回答。

核心單字 4

말하다
拼音：mal.ha.da
詞性：動詞
中譯：説、訴説

基本變化

말합니다 .
mal.ham.ni.da
説。

말해요 .
mal.he*.yo
説。

말했어요 .
mal.he*.sso*.yo
説了。

말하지 않아요 .
mal.ha.jji/a.na.yo
不説。

말하지 맙시다 .
mal.ha.jji/map.ssi.da
我們不要説吧。

核心單字 5

생각하다
拼音：se*ng.ga.ka.da
詞性：動詞
中譯：思考、想

基本變化

생각합니다 .
se*ng.ga.kam.ni.da
想。

생각해요 .
se*ng.ga.ke*.yo
想。

생각했어요 .
se*ng.ga.ke*.sso*.yo
想了。

생각하지 않아요 .
se*ng.ga.ka.ji/a.na.yo
不想。

생각하지 맙시다 .
se*ng.ga.ka.ji/map.ssi.da
我們不要想吧。

好用句 1

물어볼 때
mu.ro*.bol/de*
詢問時

물어봐도 돼요？
mu.ro*.bwa.do/dwe*.yo
我可以問嗎？

누구한테 물어봐야 해요？
nu.gu.han.te/mu.ro*.bwa.ya/he*.yo
我應該問誰呢？

그분에게 물어보세요．
geu.bu.ne.ge/mu.ro*.bo.se.yo
請你問他。

친구한테 물어봤어요．
chin.gu.han.te/mu.ro*.bwa.sso*.yo
我問了朋友。

질문 하나 있어요．
jil.mun/ha.na/i.sso*.yo
我有一個問題。

물어보고 싶은 게 많아요．
mu.ro*.bo.go/si.peun/ge/ma.na.yo
我想問的問題很多。

사적인 질문을 물어봐도 되나요 ?
sa.jo*.gin/jil.mu.neul/mu.ro*.bwa.do/dwe.
na.yo
我可以問私人的問題嗎 ?

질문 몇 가지가 있습니다 .
jil.mun/myo*t/ga.ji.ga/it.sseum.ni.da
我有幾個問題。

질문 있는 사람 , 질문하세요 .
jil.mun/in.neun/sa.ram//jil.mun.ha.se.yo
有問題的人，請提問。

질문을 잘 들으세요 .
jil.mu.neul/jjal/deu.reu.se.yo
請仔細聽我的問題。

대답말고 질문부터 잘 들으세요 .
de*.dam.mal.go/jil.mun.bu.to*/jal/deu.reu.
se.yo
請先別回答，好好聽問題。

질문이 하나 더 있어요 .
jil.mu.ni/ha.na/do*/i.sso*.yo
我還有一個問題。

물어볼 게 있어요 .
mu.ro*.bol/ge/i.sso*.yo
我有問題要問。

무엇이든 물어보세요 .
mu.o*.si.deun/mu.ro*.bo.se.yo
儘管問吧。

대답하세요 .
de*.da.pa.se.yo
請回答。

대답해 보시겠어요 ?
de*.da.pe*/bo.si.ge.sso*.yo
可以請您回答看看嗎？

대답해 주세요 .
de*.da.pe*/ju.se.yo
請回答我。

빨리 말해요 .
bal.li/mal.he*.yo
快點説。

얼른 말씀해 보세요 .
o*l.leun/mal.sseum.he*/bo.se.yo
請您趕快説。

대답을 기다리겠습니다 .
de*.da.beul/gi.da.ri.get.sseum.ni.da
我等您的回答。

好用句 2

물음에 응대할 때
mu.reu.me/eung.de*.hal/de*
回應問題時

네 , 물어보세요 .
ne//mu.ro*.bo.se.yo
好的，請問。

말씀하세요 .
mal.sseum.ha.se.yo
您說吧。

뭔데요 ?
mwon.de.yo
什麼問題？

사실은
sa.si.reun
其實…。

음…
eum
嗯…。

뭐라고 할까…
mwo.ra.go/hal.ga
我該說什麼呢…。

글쎄요...
geul.sse.yo
這個嘛…。

좋은 질문이네요 .
jo.eun/jil.mu.ni.ne.yo
這問題很好！

모르시겠어요 ?
mo.reu.si.ge.sso*.yo
您不知道嗎？

묻지 마세요 .
mut.jji/ma.se.yo
你別問。

말하지 않겠어요 .
mal.ha.jji/an.ke.sso*.yo
我不說。

궁금한 거 있으면 물어봐요 .
gung.geum.han/go*/i.sseu.myo*n/mu.ro*.
bwa.yo
如果你有想知道的就問吧。

질문 있으면 물어봐요 .
jil.mun/i.sseu.myo*n/mu.ro*.bwa.yo
你有問題的話就問吧。

그걸 내가 어떻게 알아요 ?
geu.go*l/ne*.ga/o*.do*.ke/a.ra.yo
那個我怎麼會知道。

저도 모르겠어요 .
jo*.do/mo.reu.ge.sso*.yo
我也不清楚。

나도 몰라요 .
na.do/mol.la.yo
我也不知道。

이런 질문에 대답하고 싶지 않아요 .
i.ro*n/jil.mu.ne/de*.da.pa.go/sip.jji/a.na.yo
我不想回答那種問題。

대답할 수 없어요 .
de*.da.pal/ssu/o*p.sso*.yo
我不能回答你。

알려줄 수 없습니다 .
al.lyo*.jul/su/o*p.sseum.ni.da
我不能告訴你。

다른 질문은 없어요 ?
da.reun/jil.mu.neun/o*p.sso*.yo
沒有別的問題嗎 ?

알려 줄게요 .
al.lyo*/jul.ge.yo
我告訴你。

알려 줘도 돼요 .
al.lyo*/jwo.do/dwe*.yo
我可以告訴你。

넌 몰라도 돼 .
no*n/mol.la.do/dwe*
你不用知道。

말할 수 없어요 .
mal.hal/ssu/o*p.sso*.yo
我不能説。

그건 비밀이에요 .
geu.go*n/bi.mi.ri.e.yo
那是秘密。

다 설명해 줄게요 .
da/so*l.myo*ng.he*/jul.ge.yo
我都跟你説明。

그게 내가 아는 전부예요 .
geu.ge/ne*.ga/a.neun/jo*n.bu.ye.yo
我知道的只有這些。

好用句 3

긍정할 때
geung.jo*ng.hal/de*
肯定時

네.
ne
是/對。

예.
ye
是/對。

좋아요.
jo.a.yo
好。

좋습니다.
jo.sseum.ni.da
好。

그래요.
geu.re*.yo
知道了/好。

그렇습니다.
geu.ro*.sseum.ni.da
是的。

맞아요 .
ma.ja.yo
沒錯。

진짜예요 .
jin.jja.ye.yo
是真的。

정말이에요 .
jo*ng.ma.ri.e.yo
是真的。

당연하죠 .
dang.yo*n.ha.jyo
當然囉！

나도 그래 .
na.do/geu.re*
我也是。

그거 괜찮겠네요 .
geu.go*/gwe*n.chan.ken.ne.yo
那個不錯耶！

네 , 그렇게 하겠어요 .
ne//geu.ro*.ke/ha.ge.sso*.yo
好，就那麼辦。

好用句 4

부정할 때
bu.jo*ng.hal/de*
否定時

아니요 .
a.ni.yo
不/不是。

그렇지 않아요 .
geu.ro*.chi/a.na.yo
不是。

안 됩니다 .
an/dwem.ni.da
不行。

안 돼요 .
an/dwe*.yo
不行。

안 해요 .
an/he*.yo
我不做。

그런 거 아니에요 .
geu.ro*n/go*/a.ni.e.yo
不是那樣的。

할 줄 몰라요 .
hal/jjul/mol.la.yo
我不會。

고맙지만 , 됐어요 .
go.map.jji.man//dwe*.sso*.yo
謝謝，不用了。

대답하기 곤란하네요 .
de*.da.pa.gi/gol.lan.ha.ne.yo
很難回答。

가고 싶지 않아요 .
ga.go/sip.jji/a.na.yo
我不想去。

못해요 .
mo.te*.yo
辦不到。

못 할 것 같아요 .
mot/hal/go*t/ga.ta.yo
我似乎辦不到。

그건 오해예요 .
geu.go*n/o.he*.ye.yo
那是誤會。

好用句 5

맞장구칠 때
mat.jjang.gu.chil/de*
做出回應時

알았어요 .
a.ra.sso*.yo
知道了。

알겠어요 .
al.ge.sso*.yo
了解／明白了。

옳아요 .
o.ra.yo
正確。

이해해요 .
i.he*.he*.yo
我理解。

모르겠어요 .
mo.reu.ge.sso*.yo
不知道。

몰라요 .
mol.la.yo
不知道。

맞습니다 .
mat.sseum.ni.da
沒錯。

됐습니다 .
dwe*t.sseum.ni.da
好了。

괜찮아요 .
gwe*n.cha.na.yo
可以／沒關係。

물론이죠 .
mul.lo.ni.jyo
當然囉！

당연합니다 .
dang.yo*n.ham.ni.da
那當然。

정말이야 ?
jo*ng.ma.ri.ya
真的嗎？

진짜 ?
jin.jja
真的嗎？

그래요 ?
geu.re*.yo
是嗎 ?

응 ?
eung
什麼 ?

뭐라고요 ?
mwo.ra.go.yo
你説什麼 ?

뭐라고 하셨어요 ?
mwo.ra.go/ha.syo*.sso*.yo
您説什麼 ?

왜요 ?
we*.yo
為什麼 ?

누가 그래요 ?
nu.ga/geu.re*.yo
誰説的 ?

그게 무슨 뜻이야 ?
geu.ge/mu.seun/deu.si.ya
那是什麼意思 ?

정말 그래요 ?
jo*ng.mal / geu.re*.yo
真的那樣嗎 ?

그러면 어때요 ?
geu.ro*.myo*n / o*.de*.yo
那又怎樣 ?

나는 전혀 몰라 .
na.neun / jo*n.hyo* / mol.la
我一點也不知道。

의견이 없어요 .
ui.gyo*.ni / o*p.sso*.yo
我沒意見。

의견이 있어요 .
ui.gyo*.ni / i.sso*.yo
我有意見。

그래도 돼요 .
geu.re*.do / dwe*.yo
那樣也行。

설마 !
so*l.ma
不會吧 !

連小學生都會的
國民韓語基礎句型

내 생각에는
ne*/se*ng.ga.ge.neun
我覺得…。

솔직히 말하면
sol.jji.ki/mal.ha.myo*n
老實説…。

어쨌든 ,
o*.jje*t.deun
總之…。

예를 들면 ,
ye.reul/deul.myo*n
擧例來説…。

그렇다면 ,
geu.ro*.ta.myo*n
那樣的話…。

다시 말해 봐요 .
da.si/mal.he*/bwa.yo
你再説一次。

그렇게 합시다 .
geu.ro*.ke/hap.ssi.da
就那麼辦吧。

기타 대화 표현

gi.ta/de*.hwa/pyo.hyo*n

其他對話表現

情境會話一

A : 심심해요 . 뭐 재미있는 거 없어요 ?

sim.sim.he*.yo//mwo/je*.mi.in.neun/go*/
o*p.sso*.yo

B : 음...날씨가 좋은데 등산이나 갈까요 ?

eum/nal.ssi.ga/jo.eun.de/deung.sa.ni.na/
gal.ga.yo

A : 찬성이요 . 우리 도시락 싸서 가요 .

chan.so*ng.i.yo//u.ri/do.si.rak/ssa.so*/ga.
yo

中譯一

A : 好無聊，沒有什麼有趣的事嗎？
B : 嗯…天氣不錯，我們去爬山如何？
A : 我贊成。我們準備便當去吧。

情境會話二

A：이번 주말에 뭐 할 거예요?
i.bo*n/ju.ma.re/mwo/hal/go*.ye.yo

B：그냥 집에서 쉬어요.
geu.nyang/ji.be.so*/swi.o*.yo

A：다른 일 없으면 우리 집에 놀러 올래요?
da.reun/il/o*p.sseu.myo*n/u.ri/ji.be/nol.lo*
/ol.le*.yo

B：아, 얼마 전에 이사했죠?
a//o*l.ma/jo*.ne/i.sa.he*t.jjyo

A：네, 구경하러 와요. 바베큐를 합시다.
ne//gu.gyo*ng.ha.ro*/wa.yo//ba.be.kyu.reul
/hap.ssi.da

B：좋죠. 꼭 갈게요.
jo.chyo//gok/gal.ge.yo

中譯二

A：這個周末你要做什麼？
B：只是呆在家裡囉。
A：如果你沒有別的事情，要不要來我家玩？
B：啊，你不久前搬家了吧？
A：對啊，來參觀吧。我們來烤肉吧。
B：好啊，我一定會去。

核心單字 1

구하다
拼音：gu.ha.da
詞性：動詞
中譯：找尋、救

基本變化

구합니다 .
gu.ham.ni.da
找尋。

구해요 .
gu.he*.yo
找尋。

구했어요 .
gu.he*.sso*.yo
找尋了。

구하지 않아요 .
gu.ha.ji/a.na.yo
不找尋。

구한 목숨 .
gu.han/mok.ssum
救起的性命。

核心單字 2

부탁하다
拼音：bu.ta.ka.da
詞性：動詞
中譯：託付、拜託

基本變化

부탁합니다 .
bu.ta.kam.ni.da
託付。

부탁해요 .
bu.ta.ke*.yo
託付。

부탁했어요 .
bu.ta.ke*.sso*.yo
託付了。

부탁하세요 .
bu.ta.ka.se.yo
請託付。

부탁한 것 .
bu.ta.kan/go*t
拜託的東西。

核心單字 3

돕다
拼音：dop.da
詞性：動詞
中譯：幫助、幫忙

基本變化

돕습니다 .
dop.sseum.ni.da
幫忙。

도와요 .
do.wa.yo
幫忙。

도왔어요 .
do.wa.sso*.yo
幫忙了。

돕지 않아요 .
dop.jji/a.na.yo
不幫忙。

도웁시다 .
do.up.ssi.da
我們幫忙吧。

核心單字 4

결정하다
拼音：gyo*l.jo*ng.ha.da
詞性：動詞
中譯：決定

基本變化

결정합니다 .
gyo*l.jo*ng.ham.ni.da
決定。

결정해요 .
gyo*l.jo*ng.he*.yo
決定。

결정했어요 .
gyo*l.jo*ng.he*.sso*.yo
決定了。

결정하세요 .
gyo*l.jo*ng.ha.se.yo
請決定。

결정합시다 .
gyo*l.jo*ng.hap.ssi.da
我們決定吧。

好用句 1

충고할 때
chung.go.hal/de*
給人忠告時

뭐 좀 조언 구해도 될까요?
mwo/jom/jo.o*n/gu.he*.do/dwel.ga.yo
可以給我什麼建言嗎?

뭐 좋은 의견 없어요?
mwo/jo.eun/ui.gyo*n/o*p.sso*.yo
沒有什麼好的意見嗎?

내가 어떻게 해야 할까요?
ne*.ga/o*.do*.ke/he*.ya/hal.ga.yo
我該怎麼辦呢?

네 생각은 어때?
ne/se*ng.ga.geun/o*.de*
你是怎麼想的?

괜히 참견하지 마세요.
gwe*n.hi/cham.gyo*n.ha.ji/ma.se.yo
不要多管閒事。

성실하게 하는 게 좋아요.
so*ng.sil.ha.ge/ha.neun/ge/jo.a.yo
最好是認真一點。

내가 너라면...
ne*.ga/no*.ra.myo*n
我是你的話…。

네가 해야 할 일은...
ne.ga/he*.ya/hal/i.reun
你應該要做的是…。

천천히 해요 .
cho*n.cho*n.hi/he*.yo
慢慢來。

당신이 필요한 것은 푹 쉬는 거예요 .
dang.si.ni/pi.ryo.han/go*.seun/puk/swi.
neun/go*.ye.yo
你需要的就是好好休息。

경찰에게 전화하는 게 어때요 ?
gyo*ng.cha.re.ge/jo*n.hwa.ha.neun/ge/o*.
de*.yo
打電話給警方如何 ?

이러는 게 좋을 것 같아요 .
i.ro*.neun/ge/jo.eul/go*t/ga.ta.yo
這麼做比較好。

신중하게 결정하세요 .
sin.jung.ha.ge/gyo*l.jo*ng.ha.se.yo
請你慎重做決定。

好用句 2

제안할 때
je.an.hal/de*
提案時

소풍 가자 !
so.pung/ga.ja
我們去郊遊吧！

술 마시러 가요 .
sul/ma.si.ro*/ga.yo
我們去喝酒吧。

같이 노래방에 갈까요 ?
ga.chi/no.re*.bang.e/gal.ga.yo
要不要一起去唱歌？

공원에 갑시다 .
gong.wo.ne/gap.ssi.da
一起去公園吧。

농구를 할까요 ?
nong.gu.reul/hal.ga.yo
要不要打籃球？

밖에 놀러 갑시다 .
ba.ge/nol.lo*/gap.ssi.da
一起去外面玩吧。

할머니 집에 가자 .
hal.mo*.ni/ji.be/ga.ja
我們去奶奶家吧。

주말에 바베큐를 하는 게 어때요 ?
ju.ma.re/ba.be.kyu.reul/ha.neun/ge/o*.de*.
yo
週末來烤肉你覺得如何？

치킨 먹으러 가요 .
chi.kin/mo*.geu.ro*/ga.yo
我們去吃炸雞吧。

나와 같이 피크닉 가지 않을래요 ?
na.wa/ga.chi/pi.keu.nik/ga.ji/a.neul.le*.yo
你願意跟我一起去野餐嗎？

우리는 내일 콘서트에 가요 . 함께 가시겠어
요 ?
u.ri.neun/ne*.il/kon.so*.teu.e/ga.yo//ham.
ge/ga.si.ge.sso*.yo
我們明天要去演唱會，您要一起去嗎？

이번 여름 방학에 여행 가는 게 어때요 ?
i.bo*n/yo*.reum/bang.ha.ge/yo*.he*ng/ga.
neun/ge/o*.de*.yo
這個暑假我們去旅行，如何？

벽을 분홍색으로 칠하는 게 어때요?
byo*.geul/bun.hong.se*.geu.ro/chil.ha.neun
/ge/o*.de*.yo
我們把牆壁漆成粉紅色怎麼樣?

좋은 생각이 하나 있는데...
jo.eun/se*ng.ga.gi/ha.na/in.neun.de
我有一個不錯的想法…。

해 볼만해요.
he*/bol.man.he*.yo
值得一試。

지금 만나 줄래요?
ji.geum/man.na/jul.le*.yo
你現在願意跟我見面嗎?

우리 파티 하자.
u.ri/pa.ti/ha.ja
我們開派對吧!

소주 한 잔 할래요?
so.ju/han/jan/hal.le*.yo
一起喝杯燒酒怎麼樣?

테니스 하는 것은 어때?
te.ni.seu/ha.neun/go*.seun/o*.de*
我們去打網球,如何?

好用句 3

결정할 때
gyo*l.jo*ng.hal/de*
決定時

결정하셨어요 ?
gyo*l.jo*ng.ha.syo*.sso*.yo
您決定了嗎 ?

이미 결정했습니다 .
i.mi/gyo*l.jo*ng.he*t.sseum.ni.da
我已經決定了。

결정을 내리세요 .
gyo*l.jo*ng.eul/ne*.ri.se.yo
請您做決定。

아직 결정하지 못했어요 .
a.jik/gyo*l.jo*ng.ha.ji/mo.te*.sso*.yo
我還沒能做決定。

여자친구랑 결혼하기로 했어요 .
yo*.ja.chin.gu.rang/gyo*l.hon.ha.gi.ro/he*.
sso*.yo
我決定要跟女朋友結婚了。

好用句 4

허가를 구할 때
ho*.ga.reul/gu.hal/de*
請求許可時

담배를 피워도 되겠습니까 ?
dam.be*.reul/pi.wo.do/dwe.get.sseum.ni.ga
我可以抽菸嗎？

창문을 열어도 괜찮겠어요 ?
chang.mu.neul/yo*.ro*.do/gwe*n.chan.ke.
sso*.yo
我可以開窗戶嗎？

볼펜 좀 빌려도 돼요 ?
bol.pen/jom/bil.lyo*.do/dwe*.yo
我可以借一支原子筆嗎？

전화 좀 써도 되겠어요 ?
jo*n.hwa/jom/sso*.do/dwe.ge.sso*.yo
我可以借用一下電話嗎？

이걸 다 먹어도 좋아요 ?
i.go*l/da/mo*.go*.do/jo.a.yo
我可以把這個都吃完嗎？

好用句 5

명령할 때
myo*ng.nyo*ng.hal/de*
命令他人時

빨리 자요 .
bal.li/ja.yo
快點睡覺。

얼른 주무세요 .
o*l.leun/ju.mu.se.yo
請快點睡覺。

가지 마세요 .
ga.ji/ma.se.yo
請別走。

제발 가지 마 .
je.bal/ga.ji/ma
拜託別走。

먹지 마 .
mo*k.jji/ma
不准吃。

그런 일을 하지 마요 .
geu.ro*n/i.reul/ha.ji/ma.yo
別做那種事情。

밥 사 주세요.
bap/sa/ju.se.yo
買飯給我吃。

얘기하지 마.
ye*.gi.ha.ji/ma
不要説話。

조용히 해요.
jo.yong.hi/he*.yo
安靜一點。

나가.
na.ga
出去!

들어 와요.
deu.ro*/wa.yo
進來。

잘 들으세요.
jal/deu.reu.se.yo
仔細聽。

야! 저거 좀 봐.
ya//jo*.go*/jom/bwa
喂，你看看那個。

好用句 6

부탁할 때
bu.ta.kal/de*
向他人請託時

도와 주세요 .
do.wa/ju.se.yo
請幫我。

도와 주시겠어요 ?
do.wa/ju.si.ge.sso*.yo
您可以幫我嗎？

부탁할 일이 있어요 .
bu.ta.kal/i.ri/i.sso*.yo
我有事拜託你。

한 가지 부탁이 있는데요 .
han/ga.ji/bu.ta.gi/in.neun.de.yo
我有一件事想拜託你。

부탁 하나 해도 될까요 ?
bu.tak/ha.na/he*.do/dwel.ga.yo
我可以拜託你一件事嗎？

잘 부탁합니다 .
jal/bu.ta.kam.ni.da
麻煩您了。

제발 부탁해요 .
je.bal/bu.ta.ke*.yo
求求你了。

도움이 필요한데요 .
do.u.mi/pi.ryo.han.de.yo
我需要幫忙。

언제 시간 나니 ?
o*n.je/si.gan/na.ni
你什麼時候有時間？

지금 괜찮으세요 ?
ji.geum/gwe*n.cha.neu.se.yo
你現在方便嗎？

시간을 좀 내 주실 수 있겠어요 ?
si.ga.neul/jjom/ne*/ju.sil/su/it.ge.sso*.yo
您可以撥點時間給我嗎？

청소하는 것을 도와 주시겠어요 ?
cho*ng.so.ha.neun/go*.seul/do.wa/ju.si.ge.
sso*.yo
可以幫我打掃嗎？

회사까지 좀 태워 주시겠어요 ?
hwe.sa.ga.ji/jom/te*.wo/ju.si.ge.sso*.yo
您可以載我去公司嗎？

好用句 7

부탁 요청을 거절할 때
bu.tak/yo.cho*ng.eul/go*.jo*l.hal/de*

拒絕他人請託時

좀 힘들 것 같아요 .
jom/him.deul/go*t/ga.ta.yo
似乎有些困難。

미안 , 해 줄 수 없을 것 같아 .
mi.an//he*/jul/su/o*p.sseul/go*t/ga.ta
對不起，我好像幫不上忙。

그러고 싶지만 할 수 없겠는데요 .
geu.ro*.go/sip.jji.man/hal/ssu/o*p.gen.
neun.de.yo
我想幫忙，但辦不到。

죄송하지만 , 안 되겠는데요 .
jwe.song.ha.ji.man//an/dwe.gen.neun.de.yo
對不起，我不能幫忙。

미안해요 . 나도 돈이 없어요 .
mi.an.he*.yo//na.do/do.ni/o*p.sso*.yo
對不起，我也沒有錢。

好用句 8

남을 도와 줄 때
na.meul/do.wa/jul/de*

幫助別人時

도와 드리겠습니다 .
do.wa/deu.ri.get.sseum.ni.da
我幫您。

도와 줄게요 .
do.wa/jul.ge.yo
我幫你。

어떻게 도와 드릴까요 ?
o*.do*.ke/do.wa/deu.ril.ga.yo
要怎麼幫您呢？

네 , 도와 드리지요 .
ne//do.wa/deu.ri.ji.yo
好，我幫您。

내가 할 수 있는 데까지 도와 줄게요 .
ne*.ga/hal/ssu/in.neun/de.ga.ji/do.wa/jul.
ge.yo
只要我做得到，我都幫你。

好用句 9

받아들일 때
ba.da.deu.ril/de*
接受時

받아들일게요 .
ba.da.deu.ril.ge.yo
我接受。

나한테 맞겨 !
na.han.te/mat.gyo*
交給我吧！

네 , 기꺼이 .
ne//gi.go*.i
好，我願意。

오케이 , 못할 거 뭐 있어 ?
o.ke.i//mo.tal/go*/mwo/i.sso*
OK，沒什麼我辦不到的。

말씀하신데로 하죠 .
mal.sseum.ha.sin.de.ro/ha.jyo
就照您說的做吧！

그건 문제 없어요 .
geu.go*n/mun.je/o*p.sso*.yo
那沒問題。

好用句 10

확인할 때
hwa.gin.hal/de*
確認時

확인해 보세요 .
hwa.gin.he*/bo.se.yo
請您確認看看。

확인하고 싶어요 .
hwa.gin.ha.go/si.po*.yo
我想進行確認。

다시 확인하려고 해요 .
da.si/hwa.gin.ha.ryo*.go/he*.yo
我打算再次確認。

확인해 봤어요 .
hwa.gin.he*/bwa.sso*.yo
我確認過了。

확실해요 ?
hwak.ssil.he*.yo
你確定嗎？

네 , 확실해요 .
ne//hwak.ssil.he*.yo
是的，我確定。

이해가요 ?
i.he*.ga.yo
了解嗎 ?

잘 아시겠어요 ?
jal/a.si.ge.sso*.yo
您了解了嗎 ?

알겠어요 ?
al.ge.sso*.yo
你清楚嗎 ?

전화해 봤어요 ?
jo*n.hwa.he*/bwa.sso*.yo
您打過電話了嗎 ?

정말 별 문제 없어요 ?
jo*ng.mal/byo*l/mun.je/o*p.sso*.yo
真的沒有其他問題嗎 ?

좀 더 정확히 알고 싶습니다 .
jom/do*/jo*ng.hwa.ki/al.go/sip.sseum.ni.da
我想再弄清楚一點。

난 내일 다시 확인해 볼게요 .
nan/ne*.il/da.si/hwa.gin.he*/bol.ge.yo
我明天再確認看看。

好用句 11

여러가지 질문들
yo*.ro*.ga.ji/jil.mun.deul
各種問題

問題 1

A：어디에 갑니까？
o*.di.e/gam.ni.ga
去哪裡？

B：학교에 갑니다．
hak.gyo.e/gam.ni.da
去學校。

問題 2

A：영화관에 가요？
yo*ng.hwa.gwa.ne/ga.yo
去電影院嗎？

B：아니요．안 가요．
a.ni.yo//an/ga.yo
不，不去。

問題 3

A : 언제 갑니까 ?
o*n.je/gam.ni.ga
什麼時候去 ?

B : 내일 갑니다 .
ne*.il/gam.ni.da
明天去。

問題 4

A : 무슨 요일에 가요 ?
mu.seun/yo.i.re/ga.yo
你星期幾去呢 ?

B : 화요일에 가요 .
hwa.yo.i.re/ga.yo
我星期二去。

問題 5

A : 몇 시에 가요 ?
myo*t/si.e/ga.yo
幾點去 ?

B : 오후 두 시에 가요 .
o.hu/du/si.e/ga.yo
下午兩點去。

問題 6

A : 지금 몇 시예요 ?
ji.geum/myo*t/si.ye.yo
現在幾點？

B : 지금 한 시예요 .
ji.geum/han/si.ye.yo
現在一點。

問題 7

A : 언제 졸업할 거예요 ?
o*n.je/jo.ro*.pal/go*.ye.yo
什麼時候畢業呢？

B : 내년 유월에 졸업할 거예요 .
ne*.nyo*n/yu.wo.re/jo.ro*.pal/go*.ye.yo
我明年六月畢業。

問題 8

A : 무엇을 사요 ?
mu.o*.seul/ssa.yo
買什麼？

B : 옷을 사요 .
o.seul/ssa.yo
買衣服。

問題 9

A : 무엇을 삽니까 ?
mu.o*.seul/ssam.ni.ga
買什麼？

B : 바지와 신발을 삽니다 .
ba.ji.wa/sin.ba.reul/ssam.ni.da
我買褲子和鞋子。

問題 10

A : 얼마에 샀어요 ?
o*l.ma.e/sa.sso*.yo
多少錢買的？

B : 만원에 샀어요 .
ma.nwo.ne/sa.sso*.yo
一萬韓圜買的。

問題 11

A : 이거 얼마예요 ?
i.go*/o*l.ma.ye.yo
這個多少錢？

B : 이만삼천원이에요 .
i.man.sam.cho*.nwo.ni.e.yo
二萬三千韓圜。

問題 12

A：핸드폰이 비싸요?
he*n.deu.po.ni/bi.ssa.yo
手機貴嗎？

B：아주 비싸요.
a.ju/bi.ssa.yo
很貴。

問題 13

A：무엇을 먹어요?
mu.o*.seul/mo*.go*.yo
你吃什麼？

B：만두를 먹어요.
man.du.reul/mo*.go*.yo
我吃水餃。

問題 14

A：아침에 뭘 먹었어요?
a.chi.me/mwol/mo*.go*.sso*.yo
你早上吃了什麼？

B：샌드위치하고 커피를 먹었어요.
se*n.deu.wi.chi.ha.go/ko*.pi.reul/mo*.go*.
sso*.yo
我吃了三明治和咖啡。

問題 15

A : 뭐가 맛있습니까 ?
mwo.ga/ma.sit.sseum.ni.ga
什麼好吃呢 ?

B : 한국요리가 맛있습니다 .
han.gu.gyo.ri.ga/ma.sit.sseum.ni.da
韓國菜好吃。

問題 16

A : 맛이 어때요 ?
ma.si/o*.de*.yo
味道怎麼樣 ?

B : 맛있어요 .
ma.si.sso*.yo
很好吃。

問題 17

A : 무엇이 맛없습니까 ?
mu.o*.si/ma.do*p.sseum.ni.ga
什麼很難吃 ?

B : 반찬이 맛없습니다 .
ban.cha.ni/ma.do*p.sseum.ni.da
菜餚很難吃。

問題 18

A : 여기에서 뭐 해요 ?
yo*.gi.e.so*/mwo/he*.yo
你在這裡做什麼 ?

B : 여기에서 책을 봐요 .
yo*.gi.e.so*/che*.geul/bwa.yo
我在這裡看書。

問題 19

A : 여기가 어디예요 ?
yo*.gi.ga/o*.di.ye.yo
這裡是哪裡 ?

B : 여기는 학교예요 .
yo*.gi.neun/hak.gyo.ye.yo
這裡是學校。

問題 20

A : 교실이 몇 층에 있어요 ?
gyo.si.ri/myo*t/cheung.e/i.sso*.yo
教室在幾樓 ?

B : 교실은 삼 층에 있어요 .
gyo.si.reun/sam/cheung.e/i.sso*.yo
教室在三樓。

問題 21

A : 책상 위에 뭐가 있어요 ?
che*k.ssang/wi.e/mwo.ga/i.sso*.yo
書桌上有什麼 ?

B : 책상 위에 책하고 펜들이 있어요 .
che*k.ssang/wi.e/che*.ka.go/pen.deu.ri/i.
sso*.yo
書桌上有書和筆。

問題 22

A : 냉장고에 뭐가 있어요 .
ne*ng.jang.go.e/mwo.ga/i.sso*.yo
冰箱裡有什麼 ?

B : 야채와 고기가 있어요 .
ya.che*.wa/go.gi.ga/i.sso*.yo
有蔬菜和肉。

問題 23

A : 가방 안에 무엇이 있어요 ?
ga.bang/a.ne/mu.o*.si/i.sso*.yo
包包裡有什麼 ?

B : 지갑하고 열쇠가 있어요 .
ji.ga.pa.go/yo*l.swe.ga/i.sso*.yo
有皮夾和鑰匙。

國家圖書館出版品預行編目資料

連小學生都會的國民韓語基礎句型 / 雅典韓研所企編.
-- 初版 -- 新北市：雅典文化，民103.10
面；　公分. -- (全民學韓語；21)
ISBN 978-986-5753-23-8(平裝附光碟片)
1. 韓語 2. 句法
803.265　　　　　　　　　　　　　103016302

全民學韓語系列 21

連小學生都會的國民韓語基礎句型

編著／雅典韓研所
責編／呂欣穎
美術編輯／蕭若辰
封面設計／劉逸芹

法律顧問：方圓法律事務所／涂成樞律師

總經銷：永續圖書有限公司　　CVS代理／美璟文化有限公司
永續圖書線上購物網　　　　　TEL：(02) 2723-9968
www.foreverbooks.com.tw　　FAX：(02) 2723-9668

出版日／2014年10月

雅典文化

出版社
22103　新北市汐止區大同路三段194號9樓之1
TEL　(02) 8647-3663
FAX　(02) 8647-3660

全民學韓語
21

連小學生都會的國民韓語基礎句型

雅致風靡　典藏文化

親愛的顧客您好，感謝您購買這本書。即日起，填寫讀者回函卡寄回至本公司，我們每月將抽出一百名回函讀者，寄出精美禮物並享有生日當月購書優惠！想知道更多更即時的消息，歡迎加入"永續圖書粉絲團"您也可以選擇傳真、掃描或用本公司準備的免郵回函寄回，謝謝。

傳真電話：（02）8647-3660　　　電子信箱：yungjiuh@ms45.hinet.net

姓名：		性別：	□男　□女
出生日期：　年　　月　　日		電話：	
學歷：		職業：	
E-mail：			
地址：□□□			
從何處購買此書：		購買金額：	元
購買本書動機：□封面 □書名□排版 □內容 □作者 □偶然衝動			
你對本書的意見： 內容：□滿意□尚可□待改進　編輯：□滿意□尚可□待改進 封面：□滿意□尚可□待改進　定價：□滿意□尚可□待改進			
其他建議：			

剪下後傳真、掃描或寄回至「22103新北市汐止區大同路3段194號9樓之1雅典文化收」

總經銷：永續圖書有限公司

永續圖書線上購物網
www.foreverbooks.com.tw

您可以使用以下方式將回函寄回。

您的回覆，是我們進步的最大動力，謝謝。

① 使用本公司準備的免郵回函寄回。

② 傳真電話：（02）8647-3660

③ 掃描圖檔寄到電子信箱：

yungjiuh@ms45.hinet.net

沿此線對折後寄回，謝謝。

廣 告 回 信
基隆郵局登記證
基隆廣字第056號

221-03

 雅典文化事業有限公司　收
新北市汐止區大同路三段194號9樓之1

雅致風靡　典藏文化